NICHTS DRAMATISCHES

Kurzgeschichten der Prosathek

NICHTS DRAMATISCHES

Kurzgeschichten der Prosathek

Karmelina Kulpa
Lydia Wünsch
Annika Kemmeter
Verena Rabus
Alexander Wachter
Arina Molchan
Martin Trappen
Victoria B.
Sara Zinser

Bibliografische Information der Deutschen Nationalbibliothek: Die Deutsche Nationalbibliothek verzeichnet diese Publikation in der Deutschen Nationalbibliografie; detaillierte bibliografische Daten sind im Internet über dnb.dnb.de abrufbar.

Deutsche Erstausgabe 2016
© 2016 Prosathek
Umschlag und Satz: Arina Molchan
Redaktion: Annika Kemmeter, Alexander Wachter, Arina Molchan, Lydia Wünsch und Verena Rabus
Autorenbilder: Karmelina Kulpa, Martin Trappen, Victoria B. und Sara Zinser
Herstellung und Verlag: BoD – Books on Demand, Norderstedt

ISBN: 9783741273605

Inhaltsverzeichnis

Vorwort..9

Die Erste 11
Schnell, tun Sie was!
    Karmelina Kulpa

Die Zweite..19
Man hat eben auf mich geschossen.
    Lydia Wünsch

Die Dritte 29
Auf dieser Insel muss ein Irrer sein.
    Annika Kemmeter

Die Vierte...37
Als ich den Weg raufkam, sind mir zwei Kugeln um die Ohren geschossen und haben sich ins Portal gebohrt.
    Verena Rabus

Die Fünfte 41
Ich weiß.
    Alexander Wachter

Die Sechste 47
Wir müssen uns in Sicherheit bringen.
    Arina Molchan

Die Siebte 53

Sie sind hier in Sicherheit.
    Martin Trappen

Die Achte 63

Was ist los?
    Victoria B.

Die Neunte 69

Nichts Dramatisches.
    Sara Zinser

Über die Prosathek 79

Vorwort

Manchmal reicht das geschriebene Wort nicht aus, um ein Enigma zu entschlüsseln. Es bedarf der Vorstellungskraft. Welches Geheimnis birgt wohl dieses Buch? Die Kette auf dem Cover sticht sofort ins Auge. Daneben verwaschene, blutige Spuren. Oder doch ein Feuerwerk? Vielleicht sogar Himbeerjoghurt? Neun Namen, einer neben jedem Kettenglied. Kurzgeschichten schreiben sie. Krimigeschichten? Jedenfalls nicht so dramatische, wenn man dem Titel Glauben schenkt. Aber die Kette, die blutige Kette … Der Titel könnte ein Trugschluss sein. Das ganze Buch könnte ein Trugschluss sein.

Ist es aber nicht. Und du bist schon jetzt, da du es in deinen Händen hältst, ein Teil davon. Schon lange hatten wir die Vision von unserer zweiten Veröffentlichung, haben geschrieben und gezeichnet, diskutiert und abgestimmt. Mit gemeinsamen Kräften verwirklichen wir nun, wovon wir früher nur träumen konnten: die von uns geschaffenen Geschichten als druckfrische Exemplare unter Menschen zu bringen, die daran Freude haben.

Diesmal haben wir uns einer Herausforderung gestellt: Éric-Emmanuel Schmitts erste Sätze aus dem Drama *Enigma* (*Variations Enigmatiques*) literarisch zu verweben. Mit ihnen schmiedeten wir eine gusseiserne Kette, einen ewigen Kreislauf, denn jeder Anfang ist auch ein Ende. Dabei gibt es kein übergreifendes Genre, keinen thematischen Bezug und vor allem keine Konventionen. Begib dich auf die Reise durch neun unterschiedliche Welten, die dich alle auf ihre eigene Art und Weise fesseln werden.

Die Erste

von Karmelina Kulpa

„Schnell, tun Sie was!"

Ein junges Mädchen schrie in die umherwirbelnde Menge und sofort eilte ihr ein älterer Mann zur Hilfe. Schon seit einer Weile hatte er sie beobachtet, und dabei ruhig seine Zigarette dandylike weiter geraucht. Er hatte am Geländer des Schießstandes gelehnt, unbeirrt von den ständigen Schüssen, und war dem Geschehen gefolgt. Dabei hatte er sich schon länger überlegt, wie er das Mädchen ansprechen könnte.

„Was ist passiert?"

„Er hat mein Herz gestohlen!"

Mit Tränen in den Augen zeigte sie auf den davonrennenden, blonden Jungen und dann in den Himmel, auf ein Luftballonherz. Welch eine Ironie, dass die Worte so ihre Bedeutung wandeln können. Bevor der Ballon in die Luft geflogen war, hatte sie wie der glücklichste Mensch auf Erden ausgesehen. Verliebt hatte der Junge sie angeschaut, doch irgendetwas veranlasste die beiden dazu, sich zu streiten, plötzlich und heftig wie ein Sommergewitter. Dieser Wetterwandel war es auch, der das Interesse des heimlichen Beobachters geweckt hatte.

„Dann kaufe ich dir ein neues Herz."

„Ich nehme aber keine Herzen von fremden Menschen an." Sie ging los in Richtung Zuckerwattestand, der Rock ihres rosaroten Kleides wehte umher und verschmolz mit der Umgebung. Sie drehte sich nochmal um und lächelte ihn an.

„Mein Name ist Alice."

„John."

„Ich habe nicht nach deinem Namen gefragt."

John folgte ihr an den Zuckerwattestand, doch immer wenn er den Abstand zwischen ihnen ausgleichen wollte, beschleunigte Alice ihren Gang. Am Stand angekommen, erschien auf ihrem Gesicht wieder dieses strahlende Lächeln, als sie den Verkäufer, den Old Cotton Candy Bill, ansah. Dieser erwiderte es.

„Alice, my dear, was bekommst du heute?"

„Das Blaue vom Himmel, so groß wie ein Bienenkorb!"

„Ah, Blaubeeren-Zuckerwatte, einen Foot lang – kommt sofort!"

Kokett lehnte sich Alice an den Wagen und nahm den Kaugummi, auf dem sie bisher genüsslich gekaut hatte, aus dem Mund, rollte ihn zwischen zwei Fingern zu einer Kugel und schmiss ihn in Old Cotton Candy Bills Eimer. Sie verfolgte, wie der Zucker zur Watte wurde und sich langsam um den langen Stock wickelte. John fragte sich, wie oft Alice in diesem Vergnügungspark zu Besuch war und wieso der ganze Park so wirkte, als wäre er für sie geschaffen.

„Möchte der Herr auch etwas?"

„Nein, danke."

„Das macht 40 Cent."

Alice drehte sich zu John um und schaute ihn herausfordernd an, so, als ob dies die erste Hürde wäre, die er meistern müsse, um befugt zu sein, sie kennenlernen zu dürfen. Nachdem John gezahlt und noch etwas Trinkgeld hinterlassen hatte, setzten sie ihren Gang fort. Er suchte nach einer Sitzgelegenheit und entdeckt diese auch recht schnell. Mit einer einladenden Geste zeigte er auf die Sitzbank.

„Junge Lady, möchten Sie sich vielleicht zum Verzehr hinsetzten?"

Alice schluckte hastig einen riesigen Bissen Himmelblaues herunter.

„Nein. Ich bin nicht gern lange an einem Ort. Es ist viel aufregender, zwischen den Menschenmassen herum zu irren und sich in ihnen zu verlieren." Welch eine artikulierte Art sich Auszudrücken dieses junge Mädchen doch hatte. Alles an ihr wirkte so natürlich, fast zu sehr, so dass es den Anschein hatte, einstudiert zu sein.

„Du liebst also Chaos?"

„Das habe ich nicht gesagt, aber du magst es wohl, Menschen Worte in den Mund zu legen."

Sie wartete auf eine Antwort. Als sie diese nicht bekam, beschloss sie, sich nun doch hinzusetzen. John gesellte sich zu ihr und steckte sich eine Zigarette an. Er lehnte sich zurück, legte seine Arme um den Hinterkopf und überlegte, was er Alice als Erstes fragen wollte.

„Bist du oft hier?"

Sofort antwortete sie, als ob sie diese Frage erwartet hätte: „Meine Mutter war Seilkünstlerin im Zirkuszelt, ich bin hier aufgewachsen und wurde trainiert, um in ihre Fußstapfen zu treten – bin ich aber nicht."

„Und wieso nicht?"

„Meine Mutter ist umgekommen und ich wäre sowieso lieber Wahrsagerin geworden."

„Das tut mir Leid ... Was ist mit deinem Vater?"

„Ich verstehe es nicht, wenn Menschen ‚es tut mir Leid' sagen. Es ist ja nicht deine Schuld."

Sie schmiss den Zuckerwattestock weg und rannte los. John hatte das nicht erwartet. Er wollte Alice nicht verlieren und eilte durch die bunten Massen, vorbei an Clowns, Harlequins und Mimen, weiter und weiter, bis er sich vor dem Karussell wiederfand und sich erschöpft auf den Treppen niederließ.

„Ich dachte, du kommst überhaupt nicht mehr! Komm, wir fahren eine Runde!"

Alice stand im Innenbereich des Karussells und winkte John mit zwei Fahrkarten zu. Er mochte Karussellfahren nicht. Es lag nicht an der Geschwindigkeit oder der Drehung, sondern an der Mischung der beiden, zusammen mit den vielen Gerüchen, die ein Jahrmarkt zu bieten hatte. Popcorn, Zuckerwatte, Hot-Dogs, Lakritze und der schwere Duft der Parfüms der Mütter, die vor dem Karussell auf ihre Kinder warteten und sich nach einem Vaterersatz umschauten, da der Vater im Krieg umgekommen war.

John schüttelte den Kopf und griff in seine Jackentasche nach einer Zigarette.

„Du musst. Ich habe schon die Fahrkarten, jetzt gibt es kein Zurück mehr." Sie schaute ihn wütend an.

Er wollte sie nicht verlieren, also stand John auf und drängte sich zu Alice durch. Sie sprang vor Freude in die Luft.

„Ich wusste, dass du doch kommst!"

Sie hakte sich bei ihm ein und gemeinsam setzten sie sich in eine sich drehende Tasse. Die Karussellmusik ging wieder los, die Pferde um sie herum setzten sich in Bewegung und drehten sich um ihre eigene Achse. Der Schaffner kassierte ihre Tickets und gab sie Alice zurück. Sie antwortete mit einem merci und der Schaffner wandte sich John mit ernster Miene zu.

„Passen Sie auf die kleine Lady auf."

Alice lachte ab und zu und Grübchen gaben eine Lücke zwischen ihren Vorderzähnen preis. Ihre blonden Haare wehten umher und der Träger, der zu einer Schleife gebunden war, fiel herunter und entblößte ihre zierliche Schulter. John merkte zunächst gar nicht, dass Alice ihn mit ihren Katzenaugen beobachtete. Er fühlte sich ertappt. Sie rutschte näher zu ihm und legte ihren Kopf auf seine Schulter.

„Was ist mit deinem Vater passiert?"

„Er wurde erschossen."

John betrachtete Alice: Sie hatte die Augen geschlossen und sah unberührt aus, so als ob es ihr egal gewesen wäre. Diesmal sagte er nichts.

„Danke" – das war die Antwort für kein ‚Tut mir Leid'.

Das Karussell wurde immer schneller und John verlor seinen klaren Kopf: Er verspürte das Verlangen, Alice zu küssen. Um dies nicht zu tun, schloss er die Augen und probierte auf andere Gedanken zu kommen. Als er sie jedoch wieder öffnete, stand das Karussell still und Alice war weg. War alles nur ein Traum gewesen? In Gedanken versunken stieg er aus und fuhr sich mit der Hand durch die pomadisierten Haare. Er hatte genug von dieser märchenhaften Verfolgungsjagd.

Nach einer Weile landete er an einem Häuschen, dessen Eingang von dichten, schwarzen Theatervorhängen verdeckt war. „Fortuneteller" besagte das Schild über dem Eingang, das mit einem schlafenden Mond und Sternen verziert war. Es roch nach Räucherstäbchen. Von innen hörte er ein Lachen – Alice.

„Kommen Sie nur herein, wir haben Sie schon erwartet." Die raue Stimme gehörte einer Frau mit lockigen, roten Haaren, die von einem Veloursturban gebändigt wurden. Der Opiumgeruch kitzelte Johns Nase, während er sich auf einem Samtsessel neben Alice niederließ. Die Wahrsagerin mischte die Karten.

„Schließen Sie Ihre Augen und ziehen Sie eine Karte aus dem Stapel."

John musterte die Frau skeptisch, dann wandte er seinen Blick zu Alice, die vor Spannung auf ihrer Unterlippe kaute. Er zog eine Karte und überreichte sie der Wahrsagerin.

„Der Tod. Interessant ... Diese Karte symbolisiert etwas, das Ihr Leben verändern wird. Ich glaube, es ist irgendjemand." Sie deutete auf Alice, die diese Nachricht voller Freude annahm und mit einer stolzen Miene antwortete. Die Frau wandte sich mit ernstem Gesicht wieder John zu. „Doch passen Sie auf, die Karte ist auch eine Warnung vor Illusionen."

„John, wir gehen!" Alice stand auf und rauschte zur Tür. Er tauschte einen irritierten Blick mit der Wahrsagerin, bevor er Alice nacheilte.

„Wieso willst du so plötzlich weg?"

„Ich muss dir etwas zeigen."

Irgendetwas hatte sich an Alice verändert – er verspürte eine Kälte, die er niemals von ihr erwartet hätte. John folgte dem Mädchen und sagte den ganzen Weg nichts. Alice führte ihn zu einem Wagon, der ein wenig abseits des Jahrmarktes stand. Keine Menschenseele trieb sich hier herum und die Jahrmarktmusik klang wie unter Wasser. Alice zückte einen Schlüssel aus der Tasche ihres Kleides und ging in den Wagon hinein. Hunderte Porzellanpuppen saßen auf verschiedenen Regalen und starrten John an. Alles hatte einen dreckigen Roséton, es roch nach Staub und Karamellpopcorn, so intensiv, dass man fast daran ersticken konnte. Durch ein Fenster fielen Sonnenstrahlen herein, in denen Staubkörner umherwirbelten.

„Warte hier, ich komme gleich zurück."

Alice verschwand in einem Nebenraum. John wusste nicht, was er hier tat. Er hatte dieses Mädchen vor wenigen Stunden kennengelernt und ihm wurde klar, dass er immer noch nichts über sie wusste. Vielleicht sollte er einfach weggehen, bevor es zu spät war. Bevor er wieder etwas anstellte, das er nicht sollte und erneut vor der Polizei in die andere Hälfte der Staaten fliehen musste?

Alice schlich sich von hinten an John heran und verdeckte mit ihren Händen seine Augen. Er drehte sich um. Sie hatte nur ein Unterkleid an und ihr Make-up war verwischt. Sie küsste ihn auf die Lippen und John erwiderte ihren Kuss. Sie zerrte ihn auf das Bett, stand aber selbst auf und ging zum Paravent. Sie summte dabei das Lied vor sich hin, das am Karussell spielte. John schloss die Augen und wartete darauf, dass ihre Lippen wieder seine berührten.

„Du hast mein Herz gestohlen!"

Da stand sie in ihrem Unterkleid, in Tränen aufgelöst, mit einem auf John gerichteten Revolver in der Hand.

„Alice, leg die Knarre weg! Ich, ich hab dir nichts getan! Wir kennen uns doch erst seit wenigen Stunden. Hörst du?!" Sie war verrückt, eindeutig.

„Bleib wo du bist! Ich kenne solche Typen wie dich in- und auswendig. Du klaust Herzen von jungen Mädchen und rennst dann davon. Es gibt kein Entkommen, denn ich habe dazugelernt. Solche wie du verdienen den einfachen Tod nicht. Viel Spaß in deinem neuen Leben, in der Karussellfahrt zur Hölle."

Sie drehte den Revolver um und schoss sich selbst in die Seite. Der süßliche Popcornduft vermischte sich mit dem Metallgeruch des Bluts, das langsam den Teppichboden einfärbte.

Alice rannte raus in die Menge ihres Jahrmarkts. John eilte hinterher, um sie aufzuhalten, doch Alice schrie bereits in die Menge.

„Man hat eben auf mich geschossen!"

Die Zweite

von Lydia Wünsch

„Man hat eben auf mich geschossen. Hilfe!" Der kleine Junge hielt die Hand an sein Herz und fiel zu Boden. Dort zuckte er noch eine Zeit lang, bis er sich nicht mehr rührte. Nun war er wohl ganz tot. Seine Mutter las weiter in ihrem Buch und hatte für die Posse ihres Jungen nur ein müdes, aber liebevolles Lächeln übrig.

„Schatz, bitte steh vom Boden auf! Du möchtest deinen neuen Matrosenanzug doch nicht schmutzig machen?", sagte sie und vertiefte sich wieder in Mary Shelleys Frankenstein. Dieser fesselte sie weit mehr als der gespielte Tod ihres Jungen.

„Vampire kann man nicht erschießen", mischte ich mich nun in das Geschehen ein. Die neugierigen Kinderaugen richteten sich auf mich.

„Wirklich nicht? Aber wie soll man sie denn sonst töten?"

„Nun ja, mit einem Pflock ins Herz. Oder man setzt sie dem Sonnenlicht aus. Vampire leben nämlich nur nachts. Tagsüber schlafen sie in ihren Särgen."

„Sie wissen aber viel über Vampire!" Der Junge hatte sich mittlerweile aufgesetzt und robbte langsam näher zu meiner Sitzbank. „Sind sie denn schon mal einem begegnet?"

„Nein, das nicht, aber ich habe sehr viel über sie gelesen. Ich schreibe meine Doktorarbeit über Vampir-Literatur und soll jetzt in Venedig einen Vortrag über *Dracula* halten - den Roman versteht sich."

„Außerdem musst du wissen, dass es Vampire nicht in Wirklichkeit gibt", mischte sich die Mutter ein. „Die sind nur eine Erfindung der Autoren."

„Nun, da wäre ich mir nicht so sicher", entgegnete ich. „Graf Dracula soll es wirklich gegeben haben. Sein richtiger Name war ..."

„Schluss mit diesem Unsinn!", unterbrach die Frau mich. „Und jetzt, setz dich bitte ordentlich hin!", wandte sie sich an den Jungen. „Wir sind bald da. Schau, dort kann man schon den Bahnhof *Santa Lucia* sehen."

Schlagartig hatte der Kleine das Thema Vampire vergessen und drückte nun seine Nase an der Fensterscheibe platt. Wobei er nicht sehr viel sehen konnte, denn der Bahnhof war eingehüllt in dichte Nebelschwaden. Der Zug ruckelte und wurde langsamer. Noch einmal pfiff er laut, dann blieb er stehen. Allerdings dauerte es noch, bis wir aussteigen konnten und ich nutzte die Zeit, um meine Aufzeichnungen zu beenden:

31. Januar 1899

Ich bin in Venedig angekommen. Am Bahnhof müsste schon eine Kutsche bereitstehen, die mich bis zum Hafen bringt. Von dort aus geht es dann mit einem Boot weiter nach San Servolo – eine der vielen kleinen Inseln in der Lagune von Venedig. Sie ist so winzig, dass tatsächlich nicht mehr als das Universitätsgebäude darauf Platz fand. Vor hundert Jahren soll dort eine Irrenanstalt gewesen sein. Aber heute befindet sich auf San Servolo eine der renommiertesten Universitäten Italiens. Und ausgerechnet mich hat man hierher eingeladen! Was für eine Ehre.

Die Türen wurden geöffnet. Ich packte meine Notizen weg und stieg aus. Die anderen Fahrgäste verteilten sich in alle Richtungen, Kutschen fuhren heran und verschwanden wieder. Es begann bereits dunkel zu werden und mich fröstelte es. Ich zog meinen Mantel zu und trat von einem Bein auf das andere. Man wird mich doch nicht vergessen haben? Wenn nicht bald jemand kam, musste ich mich wohl oder übel auf den Weg in die Stadt machen, um eine Pension zu suchen. In dem Moment, als ich beschloss loszugehen, hörte ich plötzlich Hufgeklapper.

Angestrengt starrte ich in die Dunkelheit und tatsächlich: Das Klappern wurde lauter und bald konnte ich die Umrisse einer Kutsche erkennen. Gezogen wurde diese von zwei prächtigen Rappen, die direkt auf mich zusteuerten. Ich befürchtete schon, die Kutsche würde nicht rechtzeitig anhalten, als ich ein lautes „Brrrrrr" vernahm, das die Pferde knapp vor mir zum Stehen brachte. Der Kutscher nickte mir zu. Ich erkannte nur die Umrisse eines hochgewachsenen Mannes, der sein Gesicht unter einem langen Umhang mit einer spitz zulaufenden Kapuze verbarg und schluckte. Das sollte also mein Kutscher sein? Verstohlen sah ich mich um. Weit und breit war niemand mehr an diesem Bahnhof. Mit leicht zitternden Fingern holte ich die Einladung aus meiner Brusttasche: „Ehm ... die Dekanin Frau Dr. Ursula von Schäßburg hat mich eingeladen, um an der hiesigen Universität einen Literatur-Vortrag zu halten. Gehe ich richtig in der Annahme, dass Sie derjenige sind, der mich bis an den Hafen bringen soll?" Die Kapuze nickte. Langsam hob der Kutscher seinen langen Arm und wies zur Tür. Im Dämmerlicht des Mondes erkannte ich eine riesige Hand mit endlosen Fingern und spitzen, blutverkrusteten Nägeln an deren Enden. Ein unbeschreiblicher Ekel überkam mich. Noch einen Moment starrte ich auf die Verkrustungen, dann gab ich mir endlich einen Ruck und stieg ein.

Als wir am Hafen ankamen, bereute ich meine Entscheidung schon fast, diese Einladung angenommen zu haben. Das Rütteln der Kutsche hatte meinen Magen so durcheinandergewirbelt, dass mir übel geworden war. Mit zitternden Knien stieg ich aus und sog die Meeresluft ein. Für einen Moment schloss ich die Augen und genoss die leichte Brise, als ich etwas Spitzes fühlte, das mir in den Arm stach. Erschrocken wandte ich mich zur Seite und sah in zwei rotunterlaufene Augen, die sich von einem fahlen Gesicht abhoben. Mit seinen verkrusteten Fingernägeln hatte der Kutscher mich wohl darauf aufmerksam machen wollen, dass mein Boot am Hafen bereit stand. Er nickte mir noch einmal zu, dann schwang er sich überraschend leichtfüßig auf seinen Kutschbock und war in die Nacht verschwunden. Erleichterung überkam mich. Endlich war ein Ende dieser eigenartigen Reise in Sicht.

Als das Boot den kleinen Hafen von *San Servolo* erreichte, merkte ich jedoch, wie das unwohle Gefühl erneut aufkam. Nur undeutlich konnte man das Gebäude der Universität erkennen, welches von dunklem Dickicht und Sträuchern umgeben war. Aus dem Inneren der Insel kamen drei Personen auf mich und den Bootsmann zu. Dieser schien sich bei dem Anblick zu erschrecken und gab mir zu verstehen, dass ich so schnell wie möglich aussteigen solle. Kaum hatten meine Füße den Boden der Insel berührt, startete er sein Boot und fuhr weg.

Die drei standen nun vor mir. Die Frau in der Mitte musste die Leiterin sein. Rechts von ihr war ein kleiner Mann mit Glatze und links – ich traute meinen Augen kaum – war der Kutscher! Wie kam der so schnell hierher? Noch bevor ich etwas sagen konnte, begann die Dekanin in feinstem Englisch zu sprechen: „Sehr verehrter Herr von Hemmersdorf, ich kann Ihnen gar nicht sagen, wie sehr es mich freut, dass Sie den Weg zu uns gefunden haben."

Ich starrte auf ihre langen, schwarzen Haare und ihre ausgeprägten Wangenknochen, während sie weiter sprach: „Darf ich Ihnen die Herren Signore Gregorio und den Grafen Vlad Țepeș vorstellen? Wir leiten das Institut gemeinsam. Graf Țepeș kommt, genau wie ich, aus Siebenbürgen und kennt sich gerade in der Vampirliteratur bestens aus. Nicht war, Vlad?"

„Es ist mir eine Ehre", hörte ich nun – zum ersten Mal – die Stimme meines Kutschers.

„Aber wir kennen uns doch!", rief ich aus.

Statt einer Antwort, streckte er mir seine dürren Finger zum Gruß entgegen. Die Dekanin schien verwirrt.

„Was meinen Sie?"

„Das ist mein Kutscher. Er hat mich zum Hafen gefahren."

„Nun, das kann nicht sein", erwiderte sie ungeduldig. „Wir waren die ganze Zeit gemeinsam hier und haben auf Ihre

Ankunft gewartet. Es ist wohl am besten, wenn ich Ihnen nun Ihr Zimmer zeige."

Ohne eine Antwort abzuwarten, wandte sie sich zum Gehen. Ihre beiden Lakaien folgten ohne zu zögern. Ich hingegen drehte mich nochmal sehnsüchtig zum Hafen um, doch der Bootsmann war bereits verschwunden. Mir blieb nichts anderes übrig, als ihnen zu folgen.

Wir betraten das Gebäude, welches alles andere als einladend aussah. Karg und dunkel hob sich in der Mitte des Eingangs eine riesige Treppe ab, die wir bestiegen, um einen langen Flur entlang zu gehen. Dieser war nur schwach beleuchtet von wenigen Kerzen. Unsere Schritte hallten durch die Räume und keiner sprach ein Wort. Während wir auf dem Weg in mein Zimmer waren, sah ich wie ein Schatten uns folgte. Leise vernahm ich ein „pst ... pst ...". Doch als ich mich dem Geräusch zuwenden wollte, hörte ich die Stimme der Dekanin: „Herr von Hemmersdorf, dies ist Ihr Zimmer. Wir erwarten Sie in einer halben Stunde zum Essen."

Als sich die Tür hinter mir schloss, fühlte ich eine Welle der Einsamkeit in mir aufkommen. Ich warf mich auf mein Bett und holte mein Notizheft hervor:

11.30 Uhr

Bin im Institut angekommen. Fühle mich unwohl. Mir ist übel und schwindelig. Könnte mit dem Hunger und der Müdigkeit zusammenhängen. Habe seit dem Mittag nichts mehr gegessen.

Ich legte das Heft nieder und betrachtete mich im Spiegel gegenüber der Tür. So blass hatte mein Gesicht noch nie ausgesehen. Meine Augen waren vor Müdigkeit stark gerötet. Angewidert wandte ich mich ab, als ich ein Klopfen hörte. Ich öffnete die Tür und sah einen Mann, der mich mit aufgerissenen Augen anstarrte:

„Du musst hier verschwinden so schnell es geht! Auf dieser Insel muss ein Irrer sein!", rief er aus und rannte weg.

Verwundert blieb ich in der Tür stehen und sah in die Richtung, in die er gelaufen war. Aus dieser kam nun die Dekanin im weißen Mantel auf mich zu.

„Herr von Hemmersdorf, wie ich sehe, sind Sie bereits auf dem Weg zum Speiseraum. Kommen Sie, ich bringe Sie hin."

Montag, der 01. Februar 1899

Tag 1 im Institut

Was für eine seltsamer Abend das gestern war. Ich saß mit der Dekanin und dem Kutscher alleine in einem riesigen Raum an einem langen Tisch. Keine weiteren Menschen. Wo sind die Studenten? Die anderen Professoren? Als ich nach meinem Vortrag fragte, hat man mich abgewimmelt und gemeint, wir sprächen ein anderes Mal darüber. Keiner von beiden aß etwas. Stattdessen saßen sie mir gegenüber und beobachteten mich. Wie ich mich fühle, fragten sie mich, ob ich denn manchmal Schlafstörungen hätte oder Probleme, mich dem Sonnenlicht auszusetzen. Was für seltsame Fragen ...

Dienstag, der 02. Februar 1899

Tag 2 im Institut

Ich habe immer noch keine Studenten gesehen. Stattdessen höre ich immer wieder so ein Wimmern. Man hat mich den ganzen Tag schlafen lassen und nachts hatten wir wieder dieses seltsame Abendessen mit diesen Fragen. Was wollen die Leute von mir?

Donnerstag, der 04. Februar 2016

Tag 4 im Institut

So langsam glaube ich, man hat mich unter einem falschen Vorwand hierher gelockt. Von meinem Vortrag wurde noch immer nichts erwähnt, aber wann sollte ich ihn auch halten? Tagsüber schlafe ich, da ich die ganze Nacht wachgehalten werde. Ich bin so schrecklich müde und mir ist ständig übel. Mein Anblick ist so jämmerlich, dass ich es mittlerweile gänzlich vermeide in den Spiegel zu sehen. Und dann ... höre ich immer noch ... dieses ständige Winseln. Ich muss herausfinden, was hier vor sich geht.

Freitag, der 05. Februar 1899

Tag 5

Dadurch, dass ich so lange keine Sonne mehr vor Augen hatte, habe ich tatsächlich Probleme bekommen, in das Licht zu sehen. Ich wurde heute Mittag von einem Strahl geweckt, der durch einen Spalt zwischen den Vorhängen herein schien und mir Schmerzen und Brennen in den Augen verursachte. Ich lief zum Fenster und erschrak zutiefst! Denn als ich nach den Gardinen griff, sah ich wie die Sonnenstrahlen meine Haut verbrannten. Es bildeten sich kleine Blasen an meinen Händen und es tat höllisch weh! Was passiert hier nur mit mir?

Als ich am nächsten Tag wieder dieses Wimmern hörte, ging ich dem endlich nach. Ich folgte den Geräuschen durch die dunklen Gänge bis ich schließlich vor einer großen Tür stand. Dahinter mussten schauerliche Dinge vor sich gehen, denn das Wimmern und Jammern war an dieser Stelle am lautesten. Vereinzelt hörte ich sogar Schreie. Ich wagte kaum zu atmen. Eine Weile zögerte ich, ehe ich den Mut aufbrachte, den Türknauf zu berühren und sie langsam einen Spalt breit zu öffnen. Was ich dort sah, jagte mir das Entsetzen in die Glieder. In einer langen Reihe standen Betten, auf denen junge Männer und Frauen lagen. Sie waren an diese Betten gefesselt und trugen weiße Nachthemden, welche mit Blut besprizt waren. Und sie schrien und jammerten. Der Graf ging von Bett zu Bett. Immer hinter ihm her lief schnaufend der dicke Signore Gregorio. Er trug eine große Schale mit Unmengen von Blut darin. Mit einer Spritze nahm der Graf jedem einzelnen das Blut ab, welches er dann in die Schale gab.

„Geben sie mir das Blut!", sagte er, als sie am Ende der Reihe angekommen waren. Er nahm die Schale in beide Hände und ... Oh mein Gott! Er setzte doch tatsächlich an, um es zu trinken! Möglichst leise schloss ich die Tür und rannte davon. Also hatte der Mann recht gehabt. Auf dieser Insel war tatsächlich ein Irrer. Ich sollte mit der Gräfin reden. Sie musste erfahren, was hier vor sich ging. Ich machte mich auf den Weg in ihr Büro und klopfte an die Tür.

„Kommen Sie herein!", hörte ich die Stimme der Dekanin. Ich betrat den Raum.

„Frau von Schäßburg, ich muss dringend mit Ihnen reden. Sie glauben nicht, was Graf Țepeș in Ihrem Institut treibt. Er muss vollkommen irre sein."

„Jetzt beruhigen Sie sich doch erst einmal, Herr von Hemmersdorf. Was ist denn los?"

„Ich habe gesehen, wie der Graf Menschen quält. Er entnimmt ihnen Blut, um es zu trinken. Er ist wahnsinnig!"

„Nun, der Graf will diesen Menschen nur helfen, Herr von Hemmersdorf und mit Sicherheit hatte er nicht vor, das Blut zu trinken. Die Menschen sind krank und bei diesem Verfahren handelt es sich um eine Aderlass-Therapie, die besonders bei Porphyrie-Patienten eine wirkungsvolle Methode zur Linderung der Symptome darstellt."

„Also stecken Sie mit ihm unter einer Decke?"

„Nun, wir sind Ärzte und das ist unser Job."

„Dann ist das hier keine Universität und ich soll hier keinen Vortrag halten? Sagen Sie mir, warum Sie mich unter einem falschen Vorwand hergelockt haben!"

„Ich erkläre es Ihnen gerne nochmal, Herr von Hemmersdorf. Wir haben Sie nie für einen Vortrag hergebeten. Vielmehr sind Sie hier, weil auch Sie starke Anzeichen von Porphyrie aufweisen. Denken Sie nur an Ihre Lichtempfindlichkeit und Schlafstörungen sowie Ihre Übelkeit. Wir wollen Ihnen nur helfen."

„Hören Sie sofort auf mit Ihren Lügen! Ich lasse nicht zu, dass Sie mich genauso quälen wie die anderen! Ich werde sofort abreisen!"

„Tut mir leid, aber das geht nicht, solange es Ihnen nicht besser geht."

„So ein Unsinn! Ich bin aus freien Stücken hergekommen und werde aus freien Stücken wieder gehen. Graf Țepeș sollte schon mal die Kutsche bereit machen."

„Wir haben keine Kutsche", sagte die Gräfin. „Ihre Mutter hatte Sie mit dem Auto bis nach Italien gebracht. Den Rest der Strecke legten Sie mit dem Boot zurück. Sie wissen ja sicher, dass es in Venedig keinen Straßenverkehr gibt und man nicht mit dem Auto hineinfahren kann."

„Was zum Teufel ist ein Auto? Meinen Sie etwa ein Automobil?"

„Nun, das ist zwar ein etwas altertümlicher Begriff, aber ja, so etwas in der Art. Ihre Familie hat Sie hierher geschickt, weil sie sich große Sorgen um Sie gemacht hat. Ihre Mutter erzählte mir, dass Sie bereits als siebenjähriger Junge anfingen, unter Wahnvorstellungen zu leiden. Es fing alles an, als sie gemeinsam das erste Mal nach Venedig reisten. Seither kamen die Anfälle schubweise, aber in letzter Zeit hat sich Ihr Zustand stark verschlechtert. Deswegen sind Sie hier, Herr Hemmersdorf. In der Klinik von ..."

„Hören Sie auf! Ich kann mir Ihr wirres Gerede nicht weiter anhören!"

Wutentbrannt verließ ich das Büro. Sie würde mir nicht helfen. So viel stand fest. Meine Verzweiflung wurde immer größer. Nicht nur, dass man mich hier gefangen hielt – man wollte mich schier in den Wahnsinn treiben.

In dieser Nacht sah ich, wie jemand Neues auf die Insel kam. Anscheinend wollten der Graf und die Gräfin ihn genauso in die Irre führen wie mich. Ich musste den armen Mann warnen. Also verfolgte ich sie durch den Gang und versuchte, die Aufmerksamkeit des Mannes zu erlangen.

„Pst ... pst ...", machte ich. Aber bevor er auf mich aufmerksam werden konnte, waren sie schon vor seinem Zimmer angekommen und er darin verschwunden. Als die drei weg waren, schlich ich mich zu seiner Tür und klopfte. Die Tür öffnete sich und ich sah in zwei aufgerissene Augen. „Du musst hier verschwinden so schnell es geht!", rief ich aus. „**Auf dieser Insel muss ein Irrer sein.**"

Die Dritte

von Annika Kemmeter

„**Auf dieser Insel muss ein Irrer sein.**" Ich sage es laut und lache leise: „Einer!" Der Wärter tut so, als höre er mich nicht. Stumm fixiert er die Schienen vor uns. Die Menschen, die auf den ewigen Wiesen dieser kleinen Insel hin und her rennen, die aneinander zerren, die brüllen und sich mit irgendetwas Kleinem beschießen, ignoriert er ebenfalls.

Er betätigt einen Hebel, der die Lore zum Stehen bringt, da bricht das Lachen aus mir heraus wie ein aufgescheuchter Schwarm Möwen.

Ich steige aus und stehe im saftigen Gras. Meine Knie sind weich vom Ruckeln der Fahrt und eine Gänsehaut, die vom Wind herrührt, überzieht meinen Körper. Niemand ist da, um mich in Empfang zu nehmen. Der Wärter reicht mir meine Reisetasche ohne mich anzusehen, setzt sich zurück auf seinen Platz und lässt mich auf der Hallig stehen. Der Hallig, die Verrückte macht, wie es im Volksmund heißt. Wie viele dieser kleinen nordfriesischen Marschinseln gibt es wohl? Wir wissen es nicht. Ich werde es nie erfahren. Die Halligen haben keine Namen mehr. Von den Landkarten sind sie gelöscht. Angeblich sollen schon etliche ertrunken sein bei dem Versuch, das Meer bei Ebbe zu überqueren. Sollen wir das nur glauben?

Die Hallig ist flach und gut einzusehen. Vor mir liegt auf einem kleinen Hügel eine Handvoll Häuser, um sie herum breitet sich eine Wiese, die einmal unter Naturschutz gestanden haben könnte, aus bis sie ans Meer stößt. Auf ihr irren Männer und Frauen herum, bauen in einem absurden Eifer irgendwelche Schutzwälle und rufen sich Kommandos zu, die vom Wind davongetragen werden, nicht zu meinen Ohren. Ich gehe in Richtung Ort. Meine Reisetasche, die tatsächlich meine

Lebenstasche ist, hängt schwer auf meiner rechten Schulter. Der Ort wirkt ausgestorben. Ich weiß nicht, was ich erwartet habe. Vielleicht einen Aufseher, der mir zeigen würde, wo ich wohnen und den Rest meines kurzen Lebens verbringen soll. Bis ich zerfleischt werde. Denn so wird mein Leben gewiss enden. Das ist ja der Sinn dieser Ansammlung von Verurteilten. Wie soll es auch anders ausgehen? „Der Herr der Fliegen" ist Pflichtlektüre an unseren Schulen, schon seit Jahrzehnten. Als Warnung für die Aufsässigen. Es ist aber niemand da. Ich sehe mir die roten Backsteinhäuser an. Gepflegt sind sie, die Reetdächer sind intakt, Blumen wachsen in den Gärten und auf Fensterbänken. Die Fassaden sind sauber, an den Fensterläden und Türen jedoch blättert der Lack. Über den Türen stehen Namen in roter, blauer oder gelber Farbe. Hießen die Häuser so, vor Jahren, als sie noch Ferienhäuser waren? Aber warum ist die Schrift so merkwürdig verwackelt?

Ich sitze im Schatten eines Ahorns auf einer Bank und warte darauf, dass mich die Inselbewohner finden. Sie müssen mich doch auf der Lore gesehen haben. Warum kommt keiner? Dürfen sie nicht zu mir? Ist es tabu, sich einer Neuen wie mir zu nähern? Ich frage mich, welche Regeln sich hier wohl ausgeprägt haben. Ob man als Neuling ganz unten steht in der Hackordnung. Ich lausche. Ihre schrillen Rufe und hin und wieder ein Lachen hallen über die Insel. Was tun sie da bloß? Was haben die Treibhölzer und Wälle und das Hetzen zu bedeuten? Die Einsamkeit schnürt mir die Kehle zu. Ich sehne mich nach meiner Wohnung. Doch das ist vorbei. Und so sehne ich mich nur nach einem Ort, wo ich meine Lebenstasche abstellen kann, einem Ort, der mein Bereich ist. Als die Sonne schräg durch die Blätterlücken strahlt, packt mich die Ungeduld bei den Fersen und führt mich zu einem der Häuser. Es heißt Anne. Ich klingle und klopfe, um nicht unhöflich zu wirken, obwohl ich fast sicher bin, dass niemand da ist. Dann stoße ich sacht die Tür auf. Eine Mütze und ein Schal hängen an einem Haken, es riecht nach Speck. Neue Fotos stecken in alten Rahmen. Das Haus ist bewohnt.

Ich drehe mich um und gehe wieder hinaus. Ich betrete das Moritz und dann das Emir-Haus: Auch hier lebt jemand. Und schließlich öffne ich die Tür zu einem Haus, an dessen Fassade kein Name leuchtet. Keine Kleidungsstücke, keine Fotos, kein Müll im Mülleimer, keine Nahrung im Kühlschrank. Der Geruch nach Staub. Ich stelle meine Tasche ab und setze mich in einen alten, bequemen Ohrensessel. Es gibt keinen Computer, keinen Fernseher, kein Radio und keine Bücher. Kein Papier. Keine Stifte. Mein neues Zuhause.

Als es dämmert, stelle ich mich ans Fenster und beobachte, wie die anderen von der Wiese kommen. Sie gehen in ihre Häuser, ihre Haare und Kleidung ist nass vom Schweiß. Die Erschöpfung benetzt ihre Gesichter, die fröhlichen wie die grimmigen. Jeder hat einen Klecks auf der Stirn. Gelb, rot oder blau. Eine alte Frau sieht zufällig zu meinem Fenster hin, winkt und läuft zum Hauseingang. Sie klingelt und ich öffne. Ich hätte mich ohnehin nicht lange verstecken können.

„Kommen Sie nur raus, kommen Sie nur raus", sagt sie mit gebrechlicher Stimme. Sie wirkt freundlich. Ich trete vor die Tür. Schon versammeln sich um die dreißig Personen um mich. Sechzig Augen, die mich neugierig betrachten. Sind das Leute, die sich gegenseitig zu Tode quälen?

„Schön", sagt die alte Frau und knetet verlegen ihre knochigen Hände. „Sie haben sich schon ein Haus gesucht."

Ein Mann tritt vor. „Hat wenig Sinn, dass wir uns alle mit Namen vorstellen, du könntest sie dir doch nicht merken. Wirste schon lernen, im Laufe der Zeit", sagt er in nordischem Dialekt. „Aber sag du uns deinen."

„Lisa", sage ich.

„Lisa gibt's schon", sagt der Mann.

Ich höre die Menschen mitleidig seufzen.

„Vielleicht fällt Ihnen ein Name ein, den Sie schon immer gern getragen hätten?", fragt die alte Frau.

Ich überlege nicht lange und nenne ihr den Namen meiner Tochter. Ein kaum erwachsenes Mädchen kommt von irgendwo hergelaufen. Es trägt einen Eimer voll blauer Fingerfarbe und eine Leiter.

„Wie heißt du?", fragt es.

„Mola."

So kommt mein Name an die Wand.

„Willkommen Mola", sagen die Leute und gehen in ihre Häuser. Ich laufe der alten Frau hinterher und fasse vorsichtig ihre Schulter einen dünnen Knochen unter der gefütterten Regenjacke.

„Moment, wie funktioniert das hier?"

„Natürlich, natürlich. Essen bestellen Sie direkt beim Fuhrmann. Auch anderes: Klopapier, Zahnpasta. Papier und Stifte freilich nicht, aber Zahnpasta, Waschmittel, ja. Und natürlich Haushaltsgummis! Für heute Abend kann ich Ihnen etwas leihen." Sie stockt. „Ich würde Sie ja zum Essen einladen, aber wir haben uns dagegen entschieden und fahren damit sehr gut, sehr gut. Außerdem bin ich sehr erschöpft. Ich hatte Portalwache und es gab viele Angriffe."

Plötzlich erhellt sich ihr besorgtes Gesicht. Ein verschmitztes Lächeln macht sich breit. „Aber wir waren standhaft, ja, sehr standhaft."

Die erste Nacht in meinem neuen Bett. Die Matratze ist hart. In den Astlöchern der Holzvertäfelung erkenne ich schaurige Grimassen. Ich will nicht schlafen. Seit Monaten habe ich jede Nacht Albträume. Ich schließe die Augen und stelle mir Molas Gesicht vor. Das hilft manchmal. Ich erzähle Mola von meinem Tag. „Guten Abend, mein Schatz. Heute bin ich auf der Hallig angekommen. Ich habe Angst. Ich finde die Leute komisch. Aber hier muss ich nun bleiben. Bis ich sterbe. Oder bis sich der Rest der Welt ändert. Ich würde dich gerne an mich drücken." Dann versuche ich einzuschlafen.

Am fünften Tag wage ich mich hinaus, als sie die Farben verteilen. Tau liegt auf den Halmen, die Sonne blinzelt erst über den Horizont.

„Na, Mola, machst du mit?", fragt mich eine Frau, von der ich glaube, dass sie Regina heißt. Ich schüttle den Kopf.

„Die wichtigste Regel ist, dass man sich so anstellen muss, wie man kommt", erklärt Regina trotzdem. „Tauschen ist nicht erlaubt. Hast du denn verstanden, worum es geht?"

Ich frage mich, ob sie das Ziel des Spiels meint, oder den Sinn des Spiels. Ich entscheide mich für die oberflächlichere Ebene der Frage und sage: „Darum, das Portal zu schützen?"

„Ja, Mola. Genau. Jedes Team baut sich ein Portal. Das Team, das am Ende die meisten Kugeln – also, eigentlich Gummis, wir nennen sie halt Kugeln, weißt du? – ", aus irgendeinem Grund lacht sie verlegen. „Das Team mit den meisten Kugeln im Portal also verliert, es sei denn, es hat genug Gefangene gemacht, die das wieder ausgleichen."

Dann schlendert sie beschwingt zum Ende der Schlange, nimmt sich, als sie an der Reihe ist, einen Klecks Fingerfarbe, und tupft ihn auf ihre Stirn. Sie ist gelb. Danach kommen die nächsten. Rot. Blau. Gelb. Rot. Blau. Gelb. Rot. Blau. Gelb. Der Letzte gibt das Startsignal. Es geht los, so wie jeden Tag: Die Gelben rennen zu ihrem Busch, die Blauen versammeln sich unter einem Baum, die Roten an einem umzäunten Hügel. Sie rennen umher, sammeln Treibholz für das Portal. Täglich nehmen sie Gefangene, legen Wege an, auf denen man nicht gefangen werden darf. Sie verhandeln, schießen mit Haushaltsgummis. Vom Sonnenaufgang bis zum Sonnenuntergang. Und alle machen mit. Von der jugendlichen Tine bis zum alten Toban, der es sich zur Aufgabe gemacht hat, jeden Tag einen neuen Schlachtruf zu erfinden. Wenn die Kirchturmuhr zwölf schlägt, stellen sie alles ein und essen Mittag, jeder in seinem Haus. Am Abend sind sie so erschöpft, dass sie kaum noch miteinander reden. Das ist die Zeit, um die Blumen zu gießen und kleine Reparaturen an den Häusern vorzunehmen. An Regentagen laufen sie umso mehr. Einmal im Monat kommt ein Arzt, aber es ist niemals jemand krank.

„Nun ist es aber wirklich Zeit", sagt Toban eines Tages zu mir, bevor er sich in die Reihe stellt. „Sie kommen noch auf dumme Gedanken."

Und tatsächlich habe ich selbst schon bemerkt, dass ich den ganzen Tag nur an Zuhause denke, oder an die grünen Polsterstühle im Gerichtssaal. An die Zahnlücke des Richters. An das graue Gesicht meines Vaters. An die Erdbeerrolle meiner Mutter und vor allem an Mola. An meine Schwester und immer wieder Mola. Meine Gedanken kreisen von der Unizeit zur Hochzeit, zur Geburt, zur letzten Geburtstagsfeier und ihrem plötzlichen Ende, und wieder zurück zur Unizeit. Ich bin wütend, traurig und aggressiv. Mitten im Weinen bekomme ich Lust, all die Blumen zu zertrampeln.

„Ich bitte Sie", beharrt Toban. „Sie wissen doch längst, warum wir es tun."

„Damit wir uns nicht gegenseitig aufreiben?"

Er nickt. Ich reihe mich ein. Ich werde gelb. Ich laufe zum Busch und helfe, das Portal zu bauen. Ich flüchte vor einem Roten und bin schon außer Atem. Ich mache einen blauen Gefangenen – „Gut gemacht, Mola! Weiter so!" – finde schließlich meine Rolle als Portalwache. Die Roten sind heute außergewöhnlich stark. Sie umzingeln uns. Ich wehre einige von ihnen mit Geschossen ab.

„Mola", ruft Samira, „du musst Ingrid unterstützen!"

Ich befreie Ingrid aus den Händen eines Roten, der sich in ihre Jacke gekrallt hat und renne mit ihr zurück. Ich scheuche Ingrid ins Versteck und renne zu Samira. Ich wische mir den Schweiß aus den Augen. Meine Beine fliegen schneller, als ich denken kann. Der Atem rennt im Takt. Ssssitt! Ein Haushaltsgummi zischt an meinem Kopf vorbei. Das war knapp. Und: Ssssitt! Ein zweites. Ich entdecke Samira.

„Trommle alle zusammen! Schnell! Trommle alle zusammen!",
rufe ich.

„Warum, was ist passiert?"

Marek und Ludwig kommen angerannt. „Mola! Was ist los?
Wie steht es?"

„Zwei Kugeln im Portal!" Meine Worte lösen eine
Betriebsamkeit aus, die mich an die Anfänge unseres
Widerstands erinnert. Daheim, vor fünf Jahren. Ein
organisiertes Hin und Her wirbelt um unser Portal.

An diesem Tag falle ich in mein Bett. Es umfängt mich wie eine
Wolke aus Blütenpollen. Meine schweren Beine sinken darin
ein. Ich will aber nicht einschlafen, ohne Mola von meinem Tag
zu erzählen. Ich betrachte die Astlöcher in der Wand. Doch die
Bilder des Tages schieben sich davor: Der Riss an Ingrids
Jackenärmel. Der Rasen, der unter meinen rennenden Füßen zu
einem Meer aus surrealistischen grünen Tupfen verschwimmt.
Gummikugeln, die um meine Ohren schwirren. Ich gähne.

„Guten Abend, Mola, mein Schatz! Heute, das war ein
aufregender Tag." Meine Augen fallen zu. „Ich war …" Mein
Körper dreht sich auf die Seite. Mein Gesicht schmiegt sich an
das Kissen. „Ich war … Portalwache. Stell dir vor, Mola …"
Mein Mund wispert, doch mein Geist ist schon zur Hälfte in
einen Traum versunken. „**Als ich den Weg raufkam, sind mir
zwei Kugeln um die Ohren geschossen und haben sich ins
Portal gebohrt …**"

Die Vierte

von Verena Rabus

Als i an Weg affakema bin, san ma zwoa Kugeln um d'Ohrwaschl gschossn und ham se ins Portal bohrt. I bin durchgrennt wia bläd und hab mi ums Eck vasteckt. Da bin i dann a gfuide Ewigkeit lang gstandn, mim Bugl an da Wend, eigschnauft, ausgschnauft wiar a Viech und glauscht. Aber etz is' stad.

I hab mi vom ersten Schock erhoit und lur ums Eck. Aber i seg neamd. Guad, dass i des groaße Objektiv vo meiner Spiegelreflex dabei hab. Weil eigentlich woit i heid ja nur a paar scheene Buidl vo da Burgruin macha, im Sonnenafgang. Für den Fotokalender, den i meiner Frau zum Geburtstag schenga woit. Dass i so in aller Herrgottsfriah ebban übern Weg laffa kannt, damit hab i fralle ned grechnet. Und damit, dass ebba af mi schiaßn kannt, scho glei gar ned. Also zoom i one, und wos seg i? Wia oane in aller Seelenruh ausm Busch außakriacht. In da oana Händ hats ihr Gwehr, mit da andern klopft a se an Staub vo ihrer Jeans.

„Mei is des dreckad da", sagts und schaugt in mei Richtung.

„Hallo?", ruafts ganz unschuidig und fuchtelt mit ihrm Gwehr umanand.

„Ja, seiba hallo! Geht's no? Sie ham grad af mi gschossn!"

Sie legt ihr Waffn afn Bodn, schiabts mim Fuaß untern Busch nei und verschränkt ihre Oarm. „Wos i? A geh naaa … i hab gar ned af Sie gschossn!"

Etz glangts ma, i stei mi untern Torbogn und schau ihr direkt in d'Augn. „Vazäins ma koan Scheiß! Und wia Sie af mi gschossn ham ... zwoa Moi sogar. Mei Hirn hättns ma fast außabloßn, wenn i ned hinter d'Mauer gsprunga wat!"

Sie überlegt kurz und moant dann nur: „Na etz übertreibns moi ned. Is doch gar nix bassiert. I hab doch bloß in d'Luft gschossn."

„In d'Luft? In d'Luft?! Und mei Schädl war da hoit grad zufällig dazwischen oder wia?"

Sie zuckt mit de Schuitern. „Ja wenn Sie in mei Schusslinie laffan, kann i a nix dafiar."

„Oja stimmt", schrei i zruck. „Ehra Schusslinie. Moanans etz de blaue oder de roude? Wos isn Ehra Schusslinie, man kennt se da ja gar nimmer aus vor lauter Schusslinien, de da in da Landschaft umanander hängan!"

I geh vorsichtig af sie zua, weil ma langsam da Hois weh duad vom Umananderblärrn. Dann bleib i aber doch beim nächstn broadn Bamstamm steh. Schließlich hats immer no ihr Gwehr da liegn. „Etz hearns ma amoi guad zua, Madam. Woher soi i denn bittschee wissn, dass Sie da im Greazeig drin liegn und wia wuid durch d'Gegend schiaßn? Sie san doch ned ganz sauber!"

Grad in dem Moment humped a oider Mo an Weg affa. Er deit mit oaner vo seine Kruckan af mi. „He! Sie da! Wos schrein denn Sie de junge Frau a so o?"

De grinst kurz und lasst dann ihre Mundwinkel nach unten foin. Bevor i a nur irgendwos sagn ko, fangts o erm voizulabern: „Mei, wissens, i war grad a weng spaziern, und etz afm Hoamweg hab i so dringend miaßn. Also bin i da hintern Busch ganga zum Bisln und hab ma gar nix dabei dacht, bis i af a moi merk, dass da hinten bei da Burgruin so a Perversling mit seiner riesigen Spannerkamera umanander lungert! Stein a se des moi vor!"

„Ja gibts an des a!", schimpft da Oide und sei weiß' Gsicht kriagt a bissl a Farb.

„Ned a moi bisln geh kann ma no!", beschwert a se.

„De liagt! De liagt wia druckt!", schrei i und steh da wia a Depp mit meiner Kamera in da Händ. „I woit nur de Burgruin fotografiern, wenn d'Sun afgeht und dann …"

„Ja gibts an des a!", sagt da Oide wieder, inzwischen weinroud um d'Nosn rum, und haut mit seiner Krucka in d'Luft, als mechata mi abstecha. „Sie lauern dem junga Deandl im Hoibdunkln af, mit am drum Fotoapparat um an Hois umme und vazeihn mir, dass Sie de Stoana fotografiern woitn? Für wia bläd hoitn Sie mi eigentlich?"

I suach a Beweisfoto außa, zoom auf de Ruin hi und geh auf erm zua. „Da schauns. I sag d'Wahrheit! I hab nur Fotos …"

Da Oide kneift seine Augn zam, und bevor a irgendwas erkenna ko, kreischt sie los wia am Spieß und haut mei Kamera af d'Seitn. „Löschens sofort de Fotos vo mir, Sie perverse Dregsau! Oder i ruaf d'Polizei!"

I weich rückwärts da Krucka aus und prall gega was warms, weichs.

„Mei Gerti, bass af! A Perverser! Glang mei Frau ned o!", schreit da Roudkopferde und haut ma afs Knia. Des hab i ned kema seng. Also den Schlag und dass sei Frau ogroit is. Aber sei Warnung prallt an da Gerti ab wia i a. „Geh Sepp! Wo bleibst an so lang? Misch di doch ned oiwei in Sachan ei, de di nix ogengan!"

„Aber der Mo hat …"

„Kimm Sepp, mia gemma etz hoam."

Gerti setzt se in Bewegung und an Sepp sei Gsicht nimmt wieder de Farb vo seine Haar o.

„Af Wiederschaun mitanand!", sagt a, und weg sans.

Mei Fast-Mörderin hoid ihr Gwehr ausm Busch und sagt: „Ja, i backs dann a amoi."

I glaub, i hear ned richtig. „Moment amoi! So geht des ned. Sie schiaßn af mi, einfach so, dann ziagns da fremde Leid mit nei, drohn ma sogar mit da Polizei, und etz hoins Ehra Tatwaffn außa, als wat nix gwen, und woin se ausm Staub macha?!"

Sie bleibt steh und schaugt afn Bodn.

„Ja wos is etz?", frag i's.

„Ja, na guad", druckts umanand. „Es duad ma Leid. I, i hab …" Sie schaut se um.

„Wos hams? Außa damit!"

„I hab Sie verwechselt. Tschuldigung."

„Sie ham mi verwechselt?!"

Und im Weggeh ruafts ma no zua: „Heart se komisch o … **I woaß.**"

Die Fünfte

von Alexander Wachter

„**Ich weiß**, du hast gesagt, wir sollen nicht kommen."

Seine Augen taxierten sie wütend. „Verdammt richtig! Was denkst du dir nur dabei, hier aufzutauchen?" Seine Stimme drang laut durch die Enge des Zimmers und hallte von den kahlen Wänden zurück. Die Frau versank in ihrem Stuhl. Ihre Finger fuhren durch die splissigen Haare, während sie nach Worten suchte.

„Sie wollte dich unbedingt noch sehen." Die Frau nickte zu dem Mädchen, welches zu ihren Füßen auf einem Tablet herumdrückte. „Sie wollte ihren Vater noch einmal sehen." Wie zur Bestätigung sah das kleine Mädchen auf und strahlte seinen Vater an.

Er lächelte einen Moment lang liebevoll zurück, dann wandte er sich wieder an die Frau. Sein Tonfall war nach wie vor hart. „Schön und gut. Trotzdem hättest du nicht herkommen sollen." Er nahm sich eine Marlboro aus der Packung auf dem Tisch, die neben der Handfeuerwaffe lag, und zündete sie an. Sie hasste es, wenn er rauchte. Er tat es trotzdem.

„Freust du dich denn gar nicht, uns nochmal zu sehen?", fragte die Frau.

„Wir haben uns doch schon verabschiedet, Claudia. Also, was soll das? Du denkst auch nie nach." Er zog an der Zigarette und fühlte, wie heißer Rauch seine Kehle hinunter in seine Lungen strömte. Rauchen beruhigte ihn. Von all seinen vielen Lastern war es ihm das liebste.

Claudia öffnete wiederholt den Mund – als wolle sie eine Verteidigung vorbringen – aber kein Laut stahl sich über ihre

Lippen. Stattdessen lief ihr Kopf rot an und sie senkte ihn, damit er es nicht sah. Ein vergebliches Unterfangen, denn er kannte seine Frau gut genug. Richtig wäre es jetzt, sie in den Arm zu nehmen. Aber er konnte sie gerade nicht trösten oder etwas Versöhnliches sagen. Dafür war er zu aufgebracht. Stattdessen drückte er seine Zigarette aus und kniete sich zu dem Mädchen auf den Boden.

Seine Tochter sah sehr ungepflegt aus. Er konnte erkennen, dass Claudia die Kleine in der letzten Zeit vernachlässigt hatte. Das T-Shirt strotzte vor Essensflecken, die Socken wiesen mehrere Löcher auf und ihre Haare waren unordentlich. Außerdem entdeckte er einige Essensreste an ihren Mundwinkeln. Er überlegte sich für einen Moment, ob er seine Frau für ihre fehlende Fürsorge rügen sollte, entschied sich allerdings dagegen. Sie gab ihr Bestes, da war er sich sicher. Schließlich liebte sie ihre Tochter genau wie er, jedoch war sie mit der derzeitigen Situation, weiß Gott, überfordert. Er konnte ihr keinen Vorwurf deswegen machen.

Er holte einen Waschlappen von der Spüle und ließ sich von seiner Frau einen Haargummi geben. Dann setzte er sich vor sein Mädchen und wusch ihr das kleine Gesicht. Sie lachte auf, weil es sie kitzelte. Ihr Lachen erfüllte ihn jedes Mal mit so viel Wärme und Wohlbefinden, da konnte keine Zigarette der Welt mithalten. Sie hatte seine grünen Augen geerbt, nur dass ihre um einiges heller waren als seine, was sie noch um einiges schöner machte. „Du wirst den Jungs eines Tages den Kopf verdrehen, kleine Lady." Sie gluckste wieder auf und versuchte nun ihrerseits ihn zu kitzeln. Er spielte, als müsste er sich vor lauter Lachen krümmen. „Aufhören! Bitte!"

Die Kleine hielt inne. „Okay, Papa." Sie gab ihm ein Bussi auf den Bauch und bettete ihren Kopf darauf. Ihm war klar, dass er sie heute für eine lange Zeit zum letzten Mal sehen würde.

„Tut mir leid, dass ich vorhin so schroff zu dir war", wandte er sich an seine Frau. Sie sah ihn an. „Schon ok", flüsterte sie.

„Es ist nur ... Es war schon einmal schwer genug, euch Lebewohl zu sagen. Es jetzt noch ein zweites Mal sagen zu müssen ... Ich dachte, ich hätte es hinter mir." Er hob seine Tochter nun auf seinen Schoß und begann ihr die Haare zu einem Zopf zu binden. „Außerdem war es sehr dumm hierher zu kommen, Claudia. Ihr könnt nicht lange bleiben."

Claudia achtete darauf, dass ihre Tochter mit der Aufmerksamkeit wieder bei dem Tablet war, bevor sie ängstlich fragte: „Glaubst du, sie können dich hier finden?"

Da musste er nicht überlegen. „Ja, das können sie definitiv. Die Frage ist nur, wie lange es dauert."

Sie sah ihren Mann erschrocken an. „Wieso bist du dann überhaupt noch hier?" Ihre Stimme klang aufgeregt und die Kleine sah fragend zu ihrer Mutter hoch. Er zog seiner Tochter behutsam den Zopf fest, gab ihr ein Kuss auf den Scheitel und wiegte sie hin und her. „Ich hab nicht vor, noch länger hier zu bleiben." Die Kleine richtete ihre Aufmerksamkeit wieder auf das Tablet.

„Okay. Gut." Claudia sagte es mehr zu sich selbst als zu ihrem Mann. Sie fuhr sich mit den Fingern erneut durch die Haare. Eine Strähne verfing sich in einem ihrer Nägel, von denen der Nagellack halb abgeblättert war. „Wohin wirst du gehen?", fragte sie ihren Mann nun.

Er zuckte mit den Schultern. „Weg von hier. Womöglich nach Belgien oder Dänemark. Vielleicht sogar hoch nach Schweden." Seine Frau nickte und es verging eine Zeit, in der keiner etwas sagte. Die Kleine saß zufrieden auf seinem Schoß und er genoss es, ihr Gewicht zu spüren und die Wärme, die von ihr ausging. Wann würde er sie wieder sehen? Er wusste es nicht. Hoffentlich bald.

Er schaute zu seiner Frau auf, die ihn traurig anlächelte. „Es ist faszinierend, wie schnell sie wächst", sagte er. „Vor kurzem war sie nicht viel größer als mein Unterarm. Und jetzt, Claudia. Schau sie dir an!"

„Ich schau sie jeden Tag an und denke mir dasselbe." Seine Frau setzte sich neben ihn auf den Boden. „Aber eines kann ich dir versprechen: Egal wo du bist, egal wie viel sie noch wächst, sie wird immer unser kleiner Krümel bleiben." Bei ihren Worten wurde seine Miene nachdenklich. „Ich will gar nicht daran denken, was ich alles verpassen werde."

„Dann denk nicht daran! Du wirst wegen ihr noch genügend Kummer haben, wieso denn jetzt schon damit anfangen?" Als Claudia ihm eine Hand auf die Schulter legte, spürte er, wie seine Gefühle ihn zu übermannen drohten. „Ich hab als Ehemann versagt, Claudia. Es tut mir leid. Ich wünschte, ich könnte die Zeit zurückspulen. Ich hätte einiges anders gemacht."

„Ach. Sag doch sowas nicht. Du hast immer das Beste gegeben, und das ist mehr als viele andere Frauen von ihren Männern behaupten können." Sie drückte ihn an sich und nach anfänglichem Zögern ließ er die Umarmung zu. Die Kleine ließ sich ebenfalls nach hinten gegen seinen Körper fallen und er schloss sie in die Umarmung ein. Er wünschte sich, es wäre möglich, diesen Moment einzufrieren, sodass er nie vergehen würde. Ihm war plötzlich bewusst, dass alle seine Probleme zweitrangig waren, solange es nur seiner Familie gut ging.

„Danke, Claudia!", flüsterte er ihr zu. Er gab ihr einen sanften Kuss. Ihre Lippen schmeckten nach Salz. Sie ließ ihn los.

Nun durfte er den Moment des Abschieds nicht länger hinaus zögern. Es war zu gefährlich hier. Sie überhaupt hereingelassen zu haben war grob fahrlässig gewesen. Er durfte nicht zulassen, dass ihnen seinetwegen Schaden zugefügt wurde. „Ich glaube, ihr solltet jetzt gehen."

Claudia nickte. „Schatz, wir gehen jetzt langsam. Musst du noch aufs Klo?", fragte sie ihre Tochter. Die Kleine schüttelte zuerst den Kopf, bevor er nach einer kurzen Bedenkzeit doch in einer Nickbewegung endete. Der Mann erhob sich und stellte die Kleine auf die Füße. „Dann flitz schnell! Soll ich dir helfen?"

„Nein!", war die knappe Antwort und schon war sie im Badezimmer verschwunden.

Er setzte sich an den Tisch und zog eine Zigarette aus der Packung, dann fiel ihm ein, dass Claudia ihn nicht gerne rauchen sah, und er steckte sie wieder weg. Sie setzte sich neben ihn. „Danke." Ihr waren seine Gedanken offenbar nicht entgangen.

Nach einem kurzen Moment der Stille fasste sie nach seiner Hand. „Dass es soweit kommen musste. Ich verstehe es nicht." „Oh, Claudia. Fang jetzt nicht wieder damit an. Was nützt es, darüber zu reden?"

Sie blieb hartnäckig. „Erklär es mir bitte!"

Er erwiderte den Druck in ihrer Hand. „Es gibt nichts zu erklären. Ich hab mich mit den falschen Leuten eingelassen. Es war ein Fehler. Ein Fehler für den ich jetzt bezahle. Es hat bestimmt seine Richtigkeit, Claudia. Manche würden es Karma nennen." Er versuchte sich an einem Lächeln, aber es misslang ihm. „Es musste mich ja früher oder später jemand verraten. Ich hätte früher aussteigen sollen."

Claudia fing seinen Blick ein. „Weißt du denn, wer es war?"

„Nein, weiß ich nicht", antwortete er. Dieses Thema erhitzte sein Gemüt. Er ließ ihre Hand los und stand auf, um sich etwas zu trinken einzuschenken. Sein Kühlschrank hatte nur Milch anzubieten, aber das war besser als nichts. Sollte ja bekanntlich gut für die Knochen sein.

Claudia blieb hartnäckig. „Hast du denn keinen Verdacht?"

Er leerte das Glas kalte Milch in einem Zug. „Nein. Ich hab keine Ahnung, Claudia. Es muss jemand gewesen sein, der mir nahe stand. Sonst hätte er meine Routen nicht gekannt."

Während sich ihr Mann ein weiteres Glas einschenkte, sagte Claudia so leise, dass er es kaum hören konnte: „Ich dachte, du würdest es sofort wissen."

Er verharrte in der Bewegung. „Was?"

„Ich dachte, du müsstest mich nur einmal anschauen, und du wüsstest es." Ihre Stimme bebte.

Er drehte sich um, das Glas in der einen Hand und die Milchpackung in der anderen. Sein Blick hetzte von seiner Frau, die ihn mit schmerzverzerrtem Gesicht anschaute, zu dem Tisch vor ihr, auf dem gerade noch seine geladene Pistole gelegen hatte.

„Es muss so sein. Bitte verzeih mir!" Sie hob die Waffe.

Er spürte, wie die erste Kugel seinen Kiefer und Kehlkopf durchbohrte. Das Eindringen der zweiten Kugel, die sich eine Schneise schräg unter seinem rechten Arm in den Rippenbogen schlug und in der Wirbelsäule stecken blieb, nahm er nur noch am Rande wahr. Sein Körper rutschte an dem Küchenschrank herunter, dann fiel er zur Seite weg. Das Blut breitete sich vermischt mit der verschütteten Milch auf dem Boden aus.

Claudia hatte gerade noch genügend Zeit, die Waffe in ihrer Tasche verschwinden zu lassen, bevor sich die Badezimmertür öffnete. „Mama?" Das kleine Mädchen starrte auf das Bild vor ihr. „Papa?" Claudia lief zu ihrer Tochter. „Alles wird gut, mein Schatz!"

Die Kleine achtete nicht auf ihre Mutter. Sie fixierte die immer größer werdende Lache aus Blut und Milch und ihren Vater, der reglos in der Mitte lag. „Papa!?"

Claudia hob ihre Tochter hoch. Sie ließ es wortlos geschehen. „Sieh mich an, Schatz! Schatz! Sieh mich an!" Sie fasste die Kleine am Kinn und schob ihren Kopf in ihre Richtung. Die Kleine ließ auch dies zu und starrte ihre Mutter mit großen Augen an. „Schatz. Böse Männer haben deinem Vater wehgetan. Wir müssen jetzt schnell gehen, sonst werden sie uns auch etwas antun. Verstehst du, mein Liebling? **Wir müssen uns in Sicherheit bringen."**

Die Sechste

von Arina Molchan

Wir müssen uns in Sicherheit bringen. Ich weiß ja, was kommt: unser Ende. Zum elften Mal möchte ich es nicht erleben.

Dieses Mal muss es klappen. Der Ablauf ist einfach:

Zuerst werde ich Claras Nacken berühren. Sie wird hinter das Sofa blicken und mich beleidigen. Daraufhin werde ich „Wir müssen uns in Sicherheit bringen!" sagen. Drängend, bisschen atemlos, halb genuschelt. Also so: „Wirmissn-ns-nSIEheit brINGEN!"

Dann wird das Zuckerglas in der Fensterattrappe brechen, die Scherben werden über den Boden schlittern; lange Matschfinger werden den Fensterrahmen umfassen, ohne sich am Zuckerglas zu schneiden, und ein Albtraum aus Schlamm und Algen – genannt „der Verschlinger", „Rache der See" – ein Albtraum wird sich langsam, mit dem Saugnapfmund schmatzend, schlapfend und schlickernd in Claras Wohnung hieven und von uns nur Puzzlestücke für die Ermittler von Morgen zurücklassen. Ein Haarbüschel hier, ein abgebrochener Fingernagel da, Kampfkratzspuren im Tischbeinholz und meine Socken, die als Hauptbeweismittel in einer Plastiktüte die Reise durch die Labore antreten werden.

„Wir müssen uns in Sicherheit bringen" – und dann erst darf ich mein „Neinainainaaahhh...!" herausröcheln und qualvoll verenden.

Auf keinen Fall durcheinander bringen, sonst schickt uns der Mann im Faltstuhl in die x-te Wiederholung und noch einmal sterben überlebe ich nicht.

Ich kauere also in Socken, Unterhosen und Hemd hinter dem Sofa – wer hat sich das auch nur ausgedacht? Die nackten Knie an den Boden geklebt, Fersen in die Arschbacken gestemmt. Mein Hemd ist mir den Rücken hochgerutscht. Es spannt um die Oberarme herum, unter den Achseln ist der Stoff ganz dunkel. Neben mir sitzt das schnurrende Auge und beobachtet mich. Zoomt heran, klickt, zeigt mir einen Daumen nach oben. Schräg hinter mir steht der Typ mit der Stange, an dessen Ende eine flauschige Walze steckt. Der Typ hat einen Bart, buschiger als meiner. Er beunruhigt mich. Niemand will im Rücken einen bärtigen Typen mit einer Stange stehen wissen, wenn man keine Hose trägt.

Ich kauere also hinter der Sofalehne und schwitze. Clara sitzt, ganz nach Vorschrift, auf dem Sofa und sieht fern. Wie normale Leute das tun. Nur ich muss mich halbnackt hinter dem Sofa verstecken.

Ich höre das zweite schnurrende Auge vor dem Sofa in Position gehen, dann klackt es und es geht los.

Wir müssen uns in Sicherheit bringen. Zuerst: „Wir müssen uns in Sicherheit bringen".

Ich klingele an Claras blondem Zopf. Sie sagt „tz" und holt ihre Haare nach vorne. Okay. Ein verzweifeltes Gesicht machen. Eine Augenbraue wie ein accent aigu, die andere wie ein accent grave. Die Nasenlöcher geweitet, der Mund viereckig mit einer Tendenz nach unten. Das schnurrende Auge hält es fest.

Nächster Schritt: Ich hole tief Luft und wühle meine Backen in die Rille zwischen den Sofakissen. Nicht zu tief. Meine Nase soll ja vorne nicht herausschauen. Der Puschelstangenmann hinter mir rückt näher heran.

„Khlaaaraaa", hauche ich. Das Leder wird sofort feucht und ich rieche meinen Mundgeruch. Beim erneuten Einatmen macht meine Nase „flup" und das Sofaleder saugt sich an meine Nasenlöcher. Ich hasse diesen Part. Aber das wartende Monster vor dem Fenster, der „Verschlinger", darf unsere Stimmen nicht hören.

„Mi mü-ee…!" Für mehr reicht die Luft nicht.

Clara stellt den Fernseher lauter. Ich ziehe die Nase aus dem Sofa. Ok. Ein noch verzweifelteres Gesicht machen. Jetzt kommen zu den schrägen Augenbrauen und dem Viereckmund die geweiteten Augen. An meinen Nasenhaaren hängt noch immer der Mundgeruch, die Wangen sind nass und brennen und meine Kniescheiben spüre ich schon gar nicht mehr. Das schnurrende Auge klebt mir quasi im Gesicht, aber ich darf es nicht beachten. Einfach so tun, als wäre es nicht da.

„Khlaaaraaa", flüstere ich in Richtung ihrer Haare.

Der Fernseher wird noch lauter. Ich klopfe an die Sofarückenseite. Keine Reaktion.

Irgendwo vorne klickt das zweite schnurrende Auge und ändert wahrscheinlich die Einstellung. Jetzt kommt es.

Ich schiebe vorsichtig einen Finger in Richtung Claras Nacken. Sie hat da diese weichen, feinen Härchen, die noch zu kurz für den Zopf sind. So weich-flaumig. Nicht so wie die Walze an der Stange über mir. Ich atme flach, habe schon fast Angst, Clara zu berühren. Ihr Nacken ist da so … intim.

Ich fahre ihr leicht über den hervorstehenden Wirbel, streife den Halskettenverschluss, der sich in dem warmen Flaum verfangen hat.

Clara schlägt nach meinem Finger, dreht sich um, schaut hinter das Sofa, so schnell, dass ich mich zur Seite ducke und auf dem Hintern lande.

„Hackt's dir?" Sie hat ein Muttermal über der Lippe. Auf der linken Seite schräg über dem Amorbogen. Mit drei Haaren, die aus dem dunklen Punkt hervorsprießen.

Ich würde sie so gerne herauszupfen, aber nein. Ich muss in der Rolle bleiben. Nicht schon wieder alles vermasseln. Kon-zen-tra-tion. Ähm … ach ja …

Ich fuchtele leicht verzögert mit dem Finger in der Luft. Sie soll nicht weiter reden. Nichts sagen. Das schnurrende Auge schüttelt missbilligend den Kopf und positioniert sich kurz hinter meinem Ohr, um so Claras verärgertes Gesicht besser sehen zu können. Der Stangenmann schlurft hinter mir. Mir laufen die ersten Schweißtropfen die Wirbelsäule entlang.

„Schhh", forme ich mit dem Mund und schüttele dazu den Kopf. Das Ungeheuer vor dem Fenster darf uns ja nicht hören. Über Claras Schulter schiebt sich langsam das zweite schnurrende Auge und visiert mich an.

Ich versuche mich vom Sofa wegzuschieben, mich auf die Flucht vorzubereiten. Meine nackte Oberschenkelhaut quietscht über den Boden, klebt, brennt durch die Reibung. Meine Fersen, sockig, haben keinen Gripp und rutschten nur, ohne hilfreich zu sein.

„Freak!" Clara zeigt mir den Vogel und das allsehende Auge klickt zustimmend, bevor es sich langsam wieder entfernt.

„Cla…", aber sie schlägt schon mit der Hand genervt aus, als ob sie sich eine unsichtbare Mücke aus dem Gesicht wischen will.

Und da klirrt die Fensterattrappe. Ich fahre zusammen, Clara beginnt zu kreischen und ein dicker Mann in einem schwarzen Ganzkörperanzug, mit Punkten und Noppen übersät und einer Kamera um den Kopf geschnallt, hievt sich schmatzend in den Raum.

Die Geräusche, die er mit seinem Mund macht, stellen mir die Nackenhaare auf. Meine Beine fangen an zu tanzen in dem verzweifelten Versuch, mich von dem Noppen-Mann wegzudrücken, aber die Socken rutschten.

„Neinaineinaiaiaiargh…!"

„Cut", sagt eine genervte Stimme. Lichter gehen an, der dicke Mann hört auf zu schlapfen und Clara sagt: „Tz!" Der Wuschelstangenmann hinter mir lacht. Alle Augen sind auf mich gerichtet. Auf meine immer noch panisch tanzenden Beine.

„Ich kann so nicht arbeiten", sagt irgendjemand.

Leute füllen den Raum. Man zupft Claras Haare zurecht, kehrt die Zuckerglassplitter zusammen und bringt die zwölfte Fensterattrappe herein, während ich immer noch am Boden klebe, nassgeschwitzt und stammelnd: „Sicherheit bringen. Wir müssen uns in Sicherheit bringen."

Hände greifen nach mir. Ich schlage sie weg: „Sicherheit!"

„Das ist dein letztes Mal als Schauspieler hier", droht jemand.

„Wir müssen!", antworte ich. „Sicherheit!"

„Bringt mir jemand Kaffee?", sagt der Mann, der die ganze Zeit hinter dem Fernseher auf dem Klappstuhl mit der Aufschrift „Filmdirektor" gesessen hat.

„Wir müssen uns in Sicher...!", ich schaue hoffnungsvoll zum bärtigen Mikrofon-Stangen-Typ hoch.

„Jaja. **Sie sind hier in Sicherheit.**"

Die Siebte

von Martin Trappen

„**Sie sind hier in Sicherheit.**" Tom wusste, dass das eine Lüge war. Doch er musste Applegate irgendwie beruhigen.

„Verarschen Sie mich nicht. Ich bin so gut wie erledigt."

„Ganz ruhig, noch haben sie uns nicht", sagte Tom.

„Das ist nur eine Frage der Zeit! Hätten Sie mich doch einfach hängen lassen!"

„Danken Sie mir so dafür, dass ich Ihnen den Arsch gerettet habe?"

„Erwarten Sie etwa Mitleid? Sie haben sich ganz alleine in die Scheiße geritten!"

„Leise!" Tom drückte seinen alten Freund nach unten und duckte sich selbst. Mit der rechten Hand auf dem Griff seines Colts hörte er genau hin: das Heulen des Windes, das Kratzen des Sandes, sein eigener Atem. Und das Knarzen der Dielen. Schritte, schwere Stiefel auf Holz. Sie waren hier.

„Scheiße, oh scheiße!" hörte er Applegate wimmern.

„Ruhe!" Der Sandsturm müsste die meisten Geräusche übertönen. Aber Tom hatte nicht so lange als Kopfgeldjäger überlebt, weil er sich auf ‚müsste' verlassen hatte. Nun saßen sie in dieser verlassenen Minenstadt, das Ziel ihrer Flucht in die Wüste. Mit dem Sturm hatte Tom nicht gerechnet, doch er kam ihnen sehr gelegen. Er hatte allerdings nicht gereicht.

„Was machen wir jetzt?", wisperte Applegate.

„Die Klappe halten. Bleiben Sie hier!"

„Aber ...", wollte Applegate einwerfen, als Tom ihm im Vorbeigehen die Hand auf den Mund drückte. *Wenn sich dieser Mistkerl nicht bald beruhigt, werde ich ihn persönlich umbringen müssen.* Das wäre das Schlaueste gewesen. Oder besser noch: Er hätte die Nachricht, dass sie dem alten Mann Viehdiebstahl vorgeworfen hatten, ignorieren sollen. Aber er wusste, was für ein dreckiger Bastard der Sheriff war. Er hatte schon zahllose Verbrecher bei ihm abgeliefert. Sie alle hatten es verdient. Aber das hier war lächerlich. Tom wusste nicht, wie sie ihm die Sache angehängt hatten oder warum. Er wusste nur, dass er nicht untätig hatte zusehen können.

Auf Händen und Füßen kroch Tom zur Vordertür. Sie war wieder komplett zugenagelt. Mit Applegates Hilfe hatte er es geschafft, einige Bretter zu entfernen und wieder zu befestigen, damit das Gebäude nach wie vor verlassen aussah. Während er unter dem Fenster entlang schlich, schoss ihm durch den Kopf, ob sie Spuren zurückgelassen hatten. Da waren die Hufabdrücke im Sand; aber eben darum hatten sie die beiden Pferde in die entgegengesetzte Richtung galoppieren lassen. Zu Fuß waren sie dann nach Dead's Deep gelaufen. Tom vertraute dem alten Achilles absolut, und er ihm. Er würde zusammen mit dem anderen Tier den Weg zurückfinden. Die Frage war nur, ob sie dann eine lebende Seele vorfinden würden.

Der Sturm hatte auch ihre Flucht verdeckt, und Tom hatte den Weg nur gefunden, weil er schon einmal hier gewesen war. Er hatte nach dem legendären Schatz von Dead's Deep gesucht. Das einzige, was er beinahe gefunden hatte, war der Tod. Die Goldgräber waren damals auch mit leeren Händen nach Hause zurückgekehrt. Wenn überhaupt.

„Und, wie sieht's aus?" Der Ruf kam so plötzlich, dass Tom beinahe aufgesprungen wäre. Mit dem Rücken zur Außenwand konnte er nicht sehen, was sich draußen abspielte. Doch er konnte die beiden anhand ihrer Stimmen orten: Der eine kam von seiner Linken aus auf den Saloon-Eingang zu. Der andere, der dort schon eine Weile stand, tat ein paar nervöse Schritte auf der Stelle.

„Seid Ihr sicher, dass die beiden hierher abgehauen sind?" Das Timbre in der Stimme des Türwächters war auch über den Sturm noch deutlich auszumachen.

„Idee vom Boss. Ein gutes Versteck ist es ja." Der Neuzugang klang deutlich höher und seine Schritte leichter. Man könnte meinen: harmloser. Tom wusste, wie sehr das täuschen konnte. Denn wo der Bass-Mann nervös tippelte und unsicher fragte, schritt der andere gezielt, sprach klar und deutlich. Auch hatte der eine sich durch seine lauten Tritte schon von weitem angekündigt. Den Anderen hatte er erst gehört, als er schon empfindlich nahe gekommen war.

„Nur wie zum Teufel sollen wir die beiden finden?", dröhnte der eine.

„Indem du gründlich suchst."

„Aber hier ist doch alles zugenagelt."

„Bretter lassen sich lösen und wieder festmachen. Siehst du? Hier sind überall Löcher, aber die Nägel sind daneben. Hier ist eben erst jemand durchgekommen." *Cleverer Mistkerl.* Tom kroch langsam weg von der Tür. Hinter einem umgefallenen Tisch, auf halben Weg zwischen Fenster und Tresen, suchte er Deckung.

„Verdammt, Slade. Daran hätte ich nicht gedacht."

„Ein Glück, dass wir dich nicht dafür dabei haben." Tom konnte die Worte des anderen kaum mehr verstehen. Aber er hatte jetzt einen Namen: Slade. Relativ häufig, und trotzdem – sollte es der sein, den Tom befürchtete, sah es für sie schlecht aus.

Die beiden Verfolger machten sich daran, die Bretter zu lösen. Toms Hand glitt von seinem Colt hin zu seinem Messer. Der Sturm war zwar laut, doch ein Feuergefecht würde trotzdem weithin zu hören sein. Als Applegate hinter der Bar hervorlugte, gab Tom ihm ein Zeichen, den Kopf runter zu nehmen. Er gehorchte. *Seine Nervosität wird uns noch das Genick brechen.* Mit einem Krachen löste sich erst ein Brett, dann das nächste, dann das dritte. Schließlich kletterten die beiden in den Saloon.

Als Tom hinter dem Tisch hervorspähte, sah er, dass er richtig lag: Der Mann mit der tiefen Stimme hatte eine enorme Körperfülle, jedoch eine, die eher einen Säufer als einen Ringkämpfer vermuten ließ. Der Andere war zwei Köpfe kleiner, schmaler und unauffälliger. Auch wenn er den Mann noch nie persönlich gesehen hatte, wusste er, wen er vor sich hatte: Das kantige Kinn, die hinterlistigen Augen, der Schnauzbart und die Warze auf der rechten Backe. Auch den Namen kannte er von den Steckbriefen: William Slade. Soweit Tom wusste, nahm dieser die Berufsbezeichnung „Kopfgeldjäger" durchaus wörtlich.

Mit ihren Revolvern im Anschlag arbeiteten sich die beiden vor. Slade blieb in der Mitte des Raums, sein Kumpane näherte sich Toms Versteck. Haltung und Blick des Kleineren verrieten, dass dieser nicht leicht auszutricksen war. Der Hüne hatte sich fast bis zu dem umgekippten Tisch vorgewagt, als ein Klirren hinter der Bar alle aufschrecken ließ. *Verdammt, Applegate!* Beide Verfolger wandten sich dem Ursprung des Geräuschs zu. Slade war näher und ging vorsichtig auf die Bar zu, signalisierte aber seinem Kameraden, dass dieser vorgehen solle. *Clever. Wirklich clever.* Gerade als beide ihm den Rücken zugewandt hatten, sprang Tom aus seinem Versteck, nahm den Riesen in einen Würgegriff und legte ihm sein Messer an die Kehle.

„Waffe weg!"

„Dachte ich mir doch, dass dieser Idiot Hilfe hatte."

„Runter mit der Waffe hab ich gesagt!"

„Vergiss es."

„Letzte Chance: Weg damit!"

„Viel zu kompliziert." Die Kugel schoss durch die Brust des Hünen und in Toms linke Schulter. Er konnte gerade noch vermeiden, dass der massive Leib des anderen auf ihn fiel, doch die Wucht der Kugel warf Tom trotzdem zurück. Er konnte sich gerade noch an dem Tisch abstützen.

„Ich mag es einfach: Knarre weg! Langsam!" Tom nahm seine Waffe, legte sie auf den Boden und kickte sie zu Slade. „Und das Messer auch, wo du grade dabei bist."

„Bitte sehr. Und jetzt?"

„Jetzt verrätst du mir, wo du Applegate versteckt hast, und ich spare mir vielleicht eine zweite Kugel."

„Du weißt genauso gut wie ich, dass er zur falschen Zeit am falschen Ort war."

„Das interessiert mich einen Scheiß. Ich muss nur wissen, dass wir den Zaster kriegen, wenn der Mistkerl am Galgen baumelt."

„Aber weißt du auch, wie viel davon der Boss für sich behält? Zahlt der gute Hoss immer noch so miserabel wie früher?"

„Du weißt mehr als mir lieb ist. Vielleicht sollte ich dich gleich —" Das Glas traf Slade genau am Hinterkopf. Tom zögerte nicht: Er ging auf den Wahnsinnigen los. Der erholte sich schneller als gedacht, wich aus und trat die Waffe aus Toms Hand. Ein Schlag in die Magengrube zwang den anderen in die Knie, doch der holte Tom sofort von den Füßen. Auf dem Boden rangen die beiden Männer um die Kontrolle über den Revolver. Schließlich gewann Tom den Zweikampf mit einem Ellbogen ins Gesicht seines Gegners. Er richtete den Colt direkt auf Slades zertrümmerte Nase.

„Aufstehen! Langsam!"

„Musst du auch mit der Munition sparen?", spuckte Slade durch zerbrochene Zähne.

„Kugeln sind teuer. Und lebendig bist du mehr Wert."

„Schlechte Idee. 'Ne Leiche bringt zwar weniger Geld, schießt dir aber nicht in den Rücken."

„Ich rede nicht von deinem Kopfgeld, Slade. Sondern von dem Rest der Bande."

„Stimmt, sogar diese tauben Nüsse müssen den Schuss gehört haben. Und der Sandsturm lässt nach." Die Waffe immer noch auf sein Gegenüber gerichtet, sah Tom mit einem Auge nach draußen. Der Sand war tatsächlich weniger dicht: Er konnte den Platz vor dem Saloon ausmachen und die Gestalten darauf erkennen. *Viele. Zu viele.*

„Dann lass uns doch mal sehen, wie viel du dem Boss wert bist."

„Weißt du, das habe ich mich auch schon mal gefragt ..."

„Bleiben Sie, wo Sie sind, Applegate. Ich versuche ihnen einzureden, dass ich Sie erschossen habe, um meine Haut zu retten. Wenn ich nicht zurückkomme, denken Sie daran – die Pferde laufen zur südlichen Felsspalte."

„Heh, was, wenn ich alles verrate? Oder vielleicht auch nicht, wer weiß?", stichelte Slade. Ein Schlag mit dem Colt in den Nacken brachte den Clown zum Schweigen. Mit der Waffe im Anschlag trieb Tom ihn vor sich her. Der Sturm hatte sich fast ganz gelegt und Hoss' Männer hatten vor dem Saloon Stellung bezogen.

„Kommt raus, kommt raus, es ist vorbei", schallte die unverwechselbare Stimme vom Boss durch den ganzen Ort. Tom trat zusammen mit seinem Gefangenen hinaus ins Tageslicht.

„Nicht solange ich was mitzureden habe, Hoss."

„Tom. Das ist doch mal 'ne nette Überraschung", brüllte der dicke Mann in den roten Cowboy-Stiefeln, dessen ausladender Bauch bei jeder Silbe auf und ab wippte.

„Du hast dich ganz schön gehen lassen, alter Freund."

„Wir haben nicht alle das Glück, täglich quer durch die Prärie gejagt zu werden." Hoss' Kommentar zog großes Gelächter von seinen Männern nach sich. Tom fragte sich, ob sie den Spruch wirklich komisch fanden, oder nur aus Angst lachten. Wampe hin oder her — Es war tödlich, Hoss Holliday wütend zu machen.

„Du hältst mich fit, Hoss. So wie damals in der Mine."

„Stell dich nicht so an, du hast doch überlebt!"

„Grade so. Wie viel von dem Gold konntest du eigentlich rausschleppen, nachdem du mich zurückgelassen hast?"

„Zu wenig. Aber ganz ehrlich, für eine zweite Fuhre wollte ich nicht wieder reingehen."

„Verständlich. Wollen wir das also hinter uns bringen?"

„Sehr gerne. Du musst nur Applegate rausrücken. Keine Sorge, um dich als Komplizen schert sich keine Sau. Aus alter Verbundenheit werde ich dem Sheriff erzählen, dass du dich aus dem Staub gemacht hast."

„Der Sheriff hat dich Schwerverbrecher beauftragt?"

„Überrascht dich das? Wo unsere Gesetzeshüter doch so ehrlich sind?" Wieder großes Gelächter. „Also, wo ist der Alte?"

„Wahrscheinlich im Magen der Geier. Ich hab ihn auf dem Weg hierher abgeknallt und der Wüste überlassen."

„Unsinn. Ich kenne dich zu gut, Tom. Im Gegensatz zu mir hast du ein Gewissen. Außerdem hat mir ein Vögelchen gezwitschert, dass du und Applegate befreundet seid."

„Tschiep, tschiep", machte Slade. Tom drückte ihm den Lauf des Revolvers fester in den Rücken.

„Nicht so gut, als dass ich für ihn sterben wollte. Wenn er noch leben würde, hätt' ich ihn dir längst gegeben."

„Weißt du, jedem andern würd' ich das glauben und ihn dann trotzdem erschießen. Aber dich kenne ich zu gut. Und ich würde dich wirklich nur sehr ungern abknallen, also rück ihn raus!" Boss richtete seine Waffe auf Tom.

„Vorsicht!", sagte Tom und hielt seinem Gefangenen den Colt demonstrativ an den Hinterkopf.

„Was? Slade? Guter Mann, aber austauschbar, wie alle meine Leute. Außer mir selbst, natürlich." Diesmal fing der Boss selbst an zu lachen. Die ganze Bande fiel mit ein, aber verhalten.

„Was hat er grade gesagt?", brachte Slade zwischen zerbrochenen Zähnen hervor, sodass Tom es kaum hören konnte.

„Schnauze!", sagte Tom.

„Er hat mich austauschbar genannt." wiederholte Slade etwas lauter.

„Schnauze, hab ich gesagt!"

„Er hat mich aus-tausch-bar genannt!" Schneller als Tom reagieren konnte, rammte Slade ihm seinen Hinterkopf ins Gesicht. Er ließ seine Waffe fallen und ging in die Knie. Durch ein Auge konnte er nur verschwommen sehen, wie der Wahnsinnige den Colt aufnahm und auf ihn richtete.

„Bravo, alter Junge. Das hat er nicht kommen sehen", kommentierte Hoss.

„Applegate ist im Saloon, hinter der Bar", knurrte Slade. Das Blut lief ihm immer noch aus der Nase.

„Jack, John, holt ihn raus!", wies der Boss an. Die beiden rannten sofort los. Tom konnte nur zusehen. Ein Versuch, seine Waffe wieder zu bekommen, würde unweigerlich mit einer Kugel im Gesicht enden. Sekunden später hörte er das hilflose Geschrei von Applegate, als dieser zappelnd ins Freie gezerrt wurde.

„Haben wir ihn endlich. Wurde aber auch Zeit. Ich hab schon richtig Hunger bekommen." Obwohl er alles nur verschwommen sah, konnte Tom erkennen, dass der Boss langsam näher an den Saloon herangekommen war. Wie immer konnte er sich noch auf seine Ohren verlassen. Die schweren Schritte und goldenen Sporen vom Boss kündigten ihn immer schon von weitem an. Kurz darauf stand er direkt neben Slade, dessen Blick immer noch auf Tom geheftet war. Applegates Geschrei war inzwischen zu einem leisen Wimmern geworden.

„Na, Slade, was meinst du? Tot oder lebendig?"

„Tot." Auf das einzelne Wort folgte ein rascher Kugelhagel: Slade erschoss zuerst den Boss, dann fünf seiner Männer, bevor ihm die Munition ausging. Tom konnte sich noch daran erinnern, dass es etwa ein halbes Dutzend Männer in der Gang gab, die dem Boss gegenüber absolut loyal waren. Er musste nicht lange überlegen, um zu wissen, dass diese gerade eine Kugel gefressen hatten. Plötzlich zog Slade einen weiteren Colt und schoss noch zweimal. Tom konnte hören, wie die Körper auf den Boden fielen. *Wann zum Teufel hat er sich seine Waffe wieder besorgt?*

„Ich lass' euch die Wahl: Folgt mir, verpisst euch oder sterbt jetzt und hier. Ihr habt 30 Sekunden." Tom hörte einige panische Schritte im Sand und viele unruhige Füße scharren.

„Warum sollten wir dir folgen? Du hast grade den Boss ersch—" Die Kugel beendete den Satz.

„Noch jemand? Die Uhr tickt, meine Freunde." Einige weitere hörte Tom wegrennen, doch erstaunlich viele blieben stehen. „Also gut. Meine Regeln sind einfach: Macht, was ich sage, und ihr bleibt am Leben. Widersetzt euch mir oder versagt, und ihr sterbt. Kapiert soweit?" Niemand sagte ein Wort. „Jetzt zu euch beiden. Ihr wärt ein ganz schönes Sümmchen wert, aber ich möchte hier einen Neuanfang wagen. Der Sheriff kann mich am Arsch lecken und ihr beide euch verpissen. Aber wenn wir uns nochmal treffen, kann ich für nichts garantieren."

Der Ausdruck auf ihren Gesichtern konnte kaum überraschter sein. Verblüfft starrten Tom und Applegate einander an. Dann Slade. Sie standen nur fassungslos da und Tom konnte nicht anders, als zu fragen: „Moment ... **Was ist los?**"

Die Achte

von Victoria B.

„Was ist los?"

Dein Ruf geht ins Leere, denn du bist schon vor einiger Zeit abgehoben.

Nichts umgibt dich. Die wilden Bahnen deines Bewusstseins liegen weit zurück.

Farben tropfen auf eine unendliche Ebene und im rasenden Fall wandelt sich alles zum Flug.

Erst jetzt merkst du, dass du in einer ewigen Spirale nach unten saust.

Du erwartest gleich den Aufprall, doch du landest weich.

Ein Summen dringt zu deinen Ohren: Es ist, als ob jemand mit nassen Fingern über den Rand eines Wasserglases streicht. Das Geräusch schwillt an.

Ein Bild entsteht.

Du sitzt vor einem riesigen Tor. Natürlich bist du auf Schneewatte gefallen.

Du begutachtest die verrosteten Stäbe des Zauns, der bis in den Himmel ragt. Pflanzen haben sich das Gitter zu eigen gemacht, ranken um die Stäbe und wuchern den Zaun zu. Nur ein kleines Stückchen in der Mitte ist frei geblieben.

Du klopfst dir Schneewölkchen von den Klamotten und gehst auf das Tor zu.

Erst als du näher kommst, bemerkst du das Metallschild, auf dem in schnörkeligen Lettern steht:

Dieses Labyrinth kann tödlich sein. Ein Grundstück der Incubus AG, mitgestaltet vom

Cirque des cauchemares.

Dir bleibt ja keine Wahl.

Deine Finger bewegen sich in die Richtung des Tores, welches einen kleinen Spalt breit offen steht. Mit der ersten Berührung verändert sich die Atmosphäre. Das Tageslicht weicht der Dunkelheit und ein Akkordeon setzt irgendwo in der Ferne ein.

Beunruhigend das Ganze, vor allem, weil du grundsätzlich das Akkordeon nicht magst.

Du huschst durch das Tor, blickst dich um, und wirst gleich vor deine erste Entscheidung gestellt.

Der rechte Weg führt in eine Heckenlandschaft an der Oberfläche, genauso wie der mittlere.

Der linke Weg führt nach unten, lange geradeaus. Es wirkt, als würde er in einer Höhle münden. Scheinbar gibt es also noch eine Ebene unter dieser.

Du wählst den mittleren Weg. Vorsichtig tastest du dich nach vorne, siehst Hecken zu deiner Linken und Rechten. Bald gelangst du zu einer Art Kreuzung im Labyrinth und wählst die linke Abzweigung. Bei jeder Entscheidungsmöglichkeit wählst du nun links, damit du leichter zurückfindest. Auf einmal hörst du Fußgetrappel: Etwas kommt auf dich zu.

Du bleibst stehen und lauschst. Es scheinen mehrere zu sein.

Weit und breit kein Versteck in Sicht.

Da siehst du ihn, einen mannshohen Tausendfüßler, mit riesigen Lefzen und silbergesprenkeltem Körper. Kurz bevor er dich erreicht, hast du einen Geistesblitz.

Ein kräftiger Satz in die Luft und du landest auf seinem mittleren Glied, wirst nach oben katapultiert als ob du auf ein Trampolin gesprungen wärst. Es hat funktioniert! Du jubelst in der Luft, hast keine Angst vor dem Aufprall, doch schlägst hart auf dem Boden auf. Der Schmerz zieht sich durch deinen ganzen Körper. Mit dem Betreten des Grundstückes hast du zu deiner eigenen Verwundbarkeit eingewilligt.

Du rappelst dich auf und klopfst dir Erde von den Klamotten. Gott sei Dank hattest du diese Idee. Sie kam, als ob es eine Erinnerung wäre. Aber woher? Ehe du den Gedanken ausgeführt hast, schießt ein brennender Pfeil an deinem rechten Ohr vorbei. Du zuckst zusammen und drehst dich um, willst sehen, woher er kommt. Da schießt der nächste durch die Hecke.

Ein Jaulen ertönt von der anderen Seite.

Du kannst nicht erkennen, aus welchem Gang die Pfeile abgefeuert werden, doch du beginnst zu rennen.

Leider ist dir der Sinn für alle Richtungen abhandengekommen – es scheint wichtiger zu sein, in Bewegung zu bleiben. Die Pfeile kommen nun in kürzeren Abständen geflogen und es werden mehr.

Plötzlich taucht vor dir ein Staffellauf auf. Du siehst eine riesige Zuckerzange an einer Kette, die wie ein Pendel umher schwingt und brennende Lampions, die sich in alle Richtungen zu bewegen scheinen.

Dann bemerkst du die Scherben eines Teeservices, das nur für Riesen gedacht sein kann. Sie sind querbeet verteilt und dazwischen liegen bunte Stücke Wackelpudding.

Während du rennst, schärfst du deinen Fokus. Ordentlich Kraft in den Beinen hast du ja.

Der erste wabbelnde Würfel ist kein Problem, obwohl dich die Lampions leicht aus der Fassung bringen. Jetzt siehst du, dass sie von rechts nach links schweben, aber in entgegengesetzte Richtungen. Du musst also im Zickzack laufen.

Sobald du das festgestellt hast, klappt es wie am Schnürchen.

Die Kanten der Scherben sehen scharf aus und du saust gefährlich nahe an einer halben Zuckerdose vorbei. Sei ein wenig vorsichtiger!

Die Zange ist nicht weit weg und du musst dich besonders konzentrieren, nicht in ihre Schwungbahn zu geraten.

Es gilt, im richtigen Moment abzuspringen. Du passt dein eigenes Tempo an, schätzt ihre Geschwindigkeit und setzt im richtigen Moment ab. Geschafft!

Doch du hast nicht mit dem Lampion gerechnet, der in diesem Moment an dir vorbei zischt.

Du schleifst mit dem Bein am Rand des brennenden Papierbergs entlang, und plumpst steif in eine Schale mit Aprikosenmarmelade.

Du kannst dich kaum bewegen, aber zwingst dich mit aller Gewalt dazu und klammerst dich am Rand der Schale fest. Deine Beine sind nun doch zu schwach, um dich zu stützen. Du musst also alles mit den Armen machen. Die zähe Marmelade hält dich fest, doch du lässt nicht locker und kämpfst dich voran. Als du es endlich geschafft hast, kauerst du zwischen den Scherben.

Ein unerträgliches Stechen pocht in deinem Bein. Du bleibst steif, starrst auf eine mannshohe Kuchengabel. Ein Fetzen hängt zwischen ihren Spitzen. Ein Stück Stoff?

Er hat dasselbe Muster wie deine Schlafanzughose. Du möchtest näher heran, doch in dem Moment fällt ein haushoher Schokoladeneclair auf die Scherben, der sofort durchtrennt wird.

Die Vanillecreme quillt an allen offenen Stellen heraus und erinnert dich an das dickflüssige, helle Blut eines Insekts, das durch Öffnungen im Chitinpanzer dringt.

Allein diese Vorstellung reicht aus – das Eclair verpuppt sich blitzartig, knackt und bewegt sich.

Du musst das Ding schnellstmöglich hinter dir lassen!

Der Entschluss ist dir ins schmerzverzerrte Gesicht geschrieben, du pirscht dich an den Wackelpudding heran und springst ab. Die nächsten zwei Lampions überwindest du mit deinen letzten Kräften und verbrennst dich dabei. Den wahren Schmerz bemerkst du erst, als du wieder auf dem Boden liegst, denn nach dem letzten Sprung bist du erledigt.

Deine Beine tragen dich nicht mehr. Du könntest hier liegen bleiben und warten.

Der Parcour liegt hinter dir. Das Ding, das aus dem Eclair schlüpft, wird kommen und dich holen.

Du könntest aber auch weiter kriechen, mit all der Kraft, die noch in deinen Armen steckt.

In diesem Augenblick pfeift ein Pfeil durch die Hecke. Gut, dass du am Boden liegst.

Mit aller Kraft zwingst du deine Arme, dein ganzes Gewicht vorwärts zu ziehen und schleppst dich durch den Schmutz. Als du um die Kurve biegst, wird dir klar, dass du direkt auf die Seite des Labyrinths zugesteuert hast, die ins Erdreich führt.

Wenigstens bist du dann die Pfeile los.

Endlich kriechst du in die Höhle. Der Boden ist nun viel trockener. Du musst husten vom aufgewirbelten Sand. Beweg dich weiter! Du musst voran. Ein gewaltiges *Plopp* lässt dich zusammenzucken – du musst an einen riesigen Saugnapf denken. Er muss hinter dir sein, also drehst du dich um und kannst gerade noch sehen, wie sich der Gang zusammenzieht. Der Ausgang ist verschwunden. Du wirst nach hinten gesogen.

Du versuchst dich an den länglichen, pastellfarbenen Streifen festzuhalten, die überall an den Wänden auftauchen. Auf einmal sitzt du in einem schmierigen weißen Haufen, der nach oben gepresst wird. Der Geruch von Minze ist eindeutig: Du sitzt in einer Zahnpastatube fest. Die kleine Öffnung, auf die du zuschießt, ist sicherlich der Ausgang.

Das zweite ‚Plopp' entsteht, als du durch den Tubenhals gepresst wirst.

Einige Zeit später fällt dir auf, dass deine Zahnbürste im falschen Becher steht.

Du sitzt auf dem Waschbeckenrand, auf deine Arme gestützt und lässt die müden Beine baumeln. Der Wasserhahn ist doppelt so groß wie du. Du würdest gerne wütend nach der Seife treten, wenn diese nicht auf der anderen, viel zu weit entfernten Seite läge.

Frustriert schaust du den Abfluss an. Da sollst du hinein?

Gott sei Dank wirst du dich Morgen an nichts mehr erinnern.

Es ist doch nur ein Traum.

Nichts Dramatisches.

Die Neunte

von Sara Zinser

„**Nichts Dramatisches**", wiederholte Dr. Kurkowa in sachlicher Psychologen-Tonlage. „Es ist vollkommen normal für einen Jungen in seinem Alter." Der Kopfhaut straffende Dutt auf ihrem Hinterkopf wippte einvernehmlich.

„Siehst du. Hab' ich dir das nicht gesagt?" Richards Ungeduld umgab ihn wie ein Schatten, der sich lässig auf seiner Armlehne rekelte.

„Jedes Kind geht anders mit Stress in seiner Umgebung um."

Dr. Kurkowa blickte über den dünnen Drahtrand ihrer kreisrunden Gläser; von Richard, zu Anette, zu Richard. In einem anderen Leben hätte sie mit ihren schlanken Knöcheln und kantigen Zügen Primaballerina werden können – alles plié, plié, chassé.

„Sie brauchen sich wirklich keine Sorgen zu machen", schloss sie ihre Diagnose.

„Das hat er aber noch nie gemacht!", wandte Anette ein; sie saß auf der äußersten Kante ihres Stuhles, so weit vorgelehnt, dass sie entweder jeden Moment vorne über kippte oder ganz in sich zusammen klappte.

„Er schläft durch?"

Erleichtert verlagerte Anette ihr Gleichgewicht ein wenig.

„Ja."

„Hat er Albträume?"

„Ich denke nicht ... Außer die normalen. Das ist normal, oder?"

Nicken. „Natürlich. Hatte er in letzter Zeit wieder ... Unfälle?"

Anette blickte beschämt hinab auf ihre Hände, ein Hauch von Rouge erblühte auf ihren Wangen, als wäre es ihre eigene Tat gewesen, nach der die Psychologin fragte.

„Nicht vor kurzem. Vielleicht vor ein bis zwei Wochen ...", murmelte sie.

Die Ärztin nickte, darauf bedacht Anettes unsteten Blick wieder einzufangen, doch sie begegnete nur Richards Augen, die zu wütenden Schlitzen unter Sturmbrauen verengt waren.

„Hat Felix Freunde in seiner Klasse?"

Richard und Anette wechselten einen schnellen Blick – der erste, seitdem Felix aus dem Raum geschickt worden war und sich die Aufmerksamkeit wie eine Lawine in ihre Richtung gewandt hatte.

„Möchten Sie noch einmal mit ihm sprechen?" Hoffnung machte Anettes Stimme hoch und piepsig.

„Ich denke, das wird nicht nötig sein."

„Ich kann ihn schnell holen!" Sie drückte sich halb aus dem tiefen Sessel hoch, doch Richard hielt sie mit einer groben Bewegung zurück.

„Dr. Kurkowa meinte, dass es nicht nötig ist."

„Aber ... Er macht sonst nie Probleme! Er ist gut in der Schule, nie frech ..."

„Anette." Die eleganten Ballerinahände legten sich auf Anettes Unterarm. „Felix hat kein Problem. Er ist ein aufgeweckter, fröhlicher Junge. Dies ist lediglich eine Phase in seiner Entwicklung", erklärte Dr. Kurkowa – ihre Stimme tänzelte mittlerweile auf dem schmalen Grat zwischen echtem Mitgefühl und sachlichem Tonband.

Als hätte ein Glöckchen das Ende des Gespräches eingeläutet, stand die Psychologin auf, die dunkelblauen Falten auf ihrem Einteiler glattstreichend, die sich wie Ausläufer von Wellen über ihren Schoß gelegt hatten.

„Dann sehen wir uns nächste Woche." Keine Frage, sondern eine oft genutzte Floskel, eine Anordnung, ein Ritual der Gewohnheit.

Richard und Anette verließen gemeinsam den Raum, doch Richard war sofort zwei Schritte voraus, der Autoschlüssel bereits in seiner geschlossenen Faust.

„Es war vollkommen unnötig Felix da mit reinzuziehen." Seine Stimme ein Knirschen von Kieseln auf Asphalt.

„Ich wollte nur sichergehen, dass er nicht ..."

„Dass er nicht, was? Verrückt spielt? Einen Schaden hat? Zu spät, glaub mir, Schatz."

Die Anspielungen waren mannigfaltig und lange Zeit unausgesprochen.

„Vielleicht hätten wir doch lieber zu einer Kinderpsychologin gehen sollen", sagte Anette.

„Dr. Kurkowa ist eine renommierte Ärztin, die sich sowieso schon eine goldene Nase an uns verdient. Ich sehe es nicht ein, noch mehr Geld vor die Säue zu werfen!"

„Ja, aber vielleicht hätten wir zu jemanden gehen sollen, der sich besser mit Kindern auskennt ..."

Anette hatte Mühe mit Richards wütendem Gang Schritt zu halten.

„Google kennt sich mit Kindern aus."

„Richard, sei doch nicht so!"

Der Rest der Unterhaltung wurde von einer energischen Geste fortgewischt, als sie den Warteraum betraten und sich neugierige Augen- und Ohrenpaare ihrer Diskussion zuwandten. Es war immer einfacher sich um den Dreck unter dem Teppich der anderen zu kümmern, als um den eigenen.

„Hey Krümel."

Felix Beinchen schwangen über dem Boden. Er war klein für sein Alter, mit knallrotem Brillengestell, das er sich selbst ausgesucht hatte und seine Augen zu zwei blauen Marmorstücken machte.

„Komm, wir gehen nach Hause."

„Krieg ich jetzt Ärger?", fragte er ängstlich.

Anette küsste den dunkelblonden Lockenschopf. „Nein, Krümel. Alles gut."

Zuhause beobachtete Anette ihren Sohn bei den alltäglichen Kleinigkeiten – wie er mit sauberer Füllerschrift am Küchentisch seine Hausaufgaben machte, die Klekse mit dem Tintenkiller von seinen Fingern entfernte und in kleinen, aber schnellen Happen sein Mittagessen aß. Die Fischstäbchen wurden zum Grenzwall zwischen dem Kartoffelbreitümpel und dem Erbsenberg. Als er brav aufgegessen hatte, fragte er, ob er nach draußen gehen durfte zum Spielen. Anette bejahte.

Die Routine des Haushaltsalltags hatte die düsteren Gedanken schon fast fortgewischt; die Bewegungen geübt, genau wie der Griff zum bauchigen Glas, das sich schnell zweifingerbreit mit einer goldenen Flüssigkeit füllte. Anette blickte hinab in den See geschmolzenen Metalls. Ein leichter Schwung ihres Handgelenks bildete Sturmwellen auf der glatten Oberfläche.

Da kam ihr plötzlich wieder die unbeantwortete Frage von Dr. Kurkowa in den Sinn. Hatte Felix Freunde in seiner Klasse? Eine Handgelenkdrehung, eine Welle. Sie war sich nicht sicher. Sie kippte die Flüssigkeit in einem Zug in ihren Rachen, wo sie ein bitteres Rinnsal bildete.

„Nichts Dramatisches", murmelte sie zynisch, die Hand bereits an der Flasche. Am Fensterrand lehnend, waren es Sonnenstrahlen, die aus dem Gefäß kippten. Ein paar entwischten und besprenkelten die Anrichte. „Nichts Dramatisches." Diesmal floh ein glucksendes Lachen aus ihrer Kehle.

„Nichts Dramatisches, das hat Dr. Kurkowa doch gesagt", mischte sich Richard aus dem angrenzenden Wohnzimmerbereich ein. Von ihrem Platz am Fenster konnte Anette den Hinterkopf erkennen, der über der Ledercouch thronte – ein glattpoliertes Ei, das aus einem dunkelbraunen Haarnest hervorlugte.

„Es ist vollkommen normal für einen zehnjährigen Jungen – und deshalb nichts Dramatisches."

Das Ei verschwand für einen Moment hinter dem ledernen Schutzwall, ehe die Mattscheibe im Hintergrund flimmernd zum Leben erwachte. Doch anstatt der ausstehenden Nachrichten, war es die Szene von heute Morgen, die sich auf dem Bildschirm von Anettes innerem Auge abspielte.

„Da ist ein Junge in unserem Schuppen."

Felix hatte in der Terrassentür gestanden, seine quietschgelben Gummistiefel verkrustet mit einer Schicht von Matsch aus dem Garten.

„Ein Junge?" Anette hörte nur mit halbem Ohr hin – vertieft in ihr Tetrisspiel mit den Flaschen unter der Spüle; stets auf der Suche nach dem zufriedenstellenden Schwappen zwischen buntem Glas.

„Ja."

„Was für ein Junge?" Anette stemmte sich aus der Hocke hoch, in Gedanken eher bei der Ergänzung ihres Einkaufszettels als der Stimme ihres Sohnes. Sie war durstig, obgleich es ein Durst war, der nicht in ihrer Kehle steckte, sondern an guten Tagen in ihrer Brust, an anderen in all ihren Gliedern.

Die kleinen Schultern zuckten.

„Wie heißt dein Freund?", wollte sie verspätet wissen.

„Er ist nicht mein Freund."

„Nun gut, wie heißt der Junge in unserem Schuppen?" Anette fischte einen hellrötlichen Geldschein aus der Haushaltskasse, doch ergänzte ihn einen Moment später achselzuckend mit einem weiteren.

„Ich weiß nicht." Diese Antwort veranlasste sie zu einem stirnrunzelnden Aufblicken.

„Meinst du nicht, es wäre höflich den Jungen nach seinem Namen zu fragen, wenn ihr schon miteinander spielt?", fragte sie.

„Vielleicht", erwiderte Felix. „Er ist irgendwie komisch."

„Was macht er denn in unserem Schuppen?" Sie sah aus dem Küchenfenster, doch der Regen war so durchgängig wie glitzernde Bindfäden und verhinderte fast jegliche Sicht auf das kleine, schiefe Häuschen in ihrem Hintergarten.

„Sich verstecken."

„Dann geh doch raus und spiel weiter mit ihm." Felix blickte einen Moment zögernd unter nassen Locken zu Anette empor, dann fragte er: „Kann ich einen Apfel haben?"

„Natürlich, Krümel."

Anette fischte ein besonders rotes Exemplar aus der Obstschale, wusch es gründlich ab und reichte es Felix mit einem Küchentuch.

„Danke, Mama." Sie wollte sich gerade abwenden, als Felix ergänzte: „Ich glaube, er heißt Max."

Ein schriller Ton riss Anette aus ihren Erinnerungen und erst nach einem kurzen Moment der Orientierungslosigkeit, erkannte sie das Geräusch als ihre Hausklingel.

„Machst du auf?", fragte das Ei ohne sich merklich von der Stelle zu rühren.

„Komme!", rief Anette, während sie schnell die letzten Honigtropfen vom Glasboden spülte und dann zur Tür eilte.

Der Umriss hinter ihrer milchigen Haustür war dunkelgrün bis braun und bullig – fast als würde ein Tannenbaum auf ihrer Schwelle stehen. Anette unterdrückte ein aufkommendes Kichern und zwang sich einmal tief ein- und auszuatmen, bevor sie die Türe öffnete.

Vor ihr standen zwei Polizisten in ihren Uniformen. Anette starrte nur. Sie wollte etwas höfliches sagen wie „Meine Herren?" und damit ihre Erfahrung durch sonntagnachmittägliche Krimiserien preisgeben, doch stattdessen erstarrte sie zu einer Salzsäule wie ein Kleinkrimineller, der gerade auf frischer Tat dabei ertappt worden war, wie er Billigschmuck aus einem Drogeriemarkt entwendete.

„Frau Müller?"

Anette nickte, weiterhin stumm. Die Sonnenstrahlen tanzten mittlerweile Tango in ihrem Magen.

„Mein Name ist Wolff und das ist mein Kollege Kommissar Lennartz. Dürfen wir kurz reinkommen?", fragte der Ältere. Ein silberner Kranz schaute unter der Schirmmütze hervor.

„Worum geht es denn?"

„Felix. Felix Müller. Das ist ihr Sohn, oder?"

Anette nickte und ergänzte schnell ein kurzes „Ja".

„Ihr Sohn hat den Notruf gewählt."

„Oh." Mehr fiel ihr nicht ein.

Einen unangenehmen Moment später trat Richard hinzu.

„Die Herren, darf ich wissen, worum es geht?", fragte er höflich.

„Ihr Sohn hat die Polizei gerufen, weil sich angeblich in ihrem Schuppen ein fremder Junge befindet."

Verdutzt wechselten Anette und Richard den zweiten Blick an diesem Tag.

„Kommen Sie doch rein, es kann sich nur um ein Missverständnis handeln", meinte Richard.

Während Richard diesmal eine höfliche Gangart wählte, eilte Anette voraus und rief nach ihrem Sohn. Das Brodeln von leiser Ungeduld mischte sich unter ihren nüchternen Magen. Schnell nahm sie auch noch das ausgespülte Glas und stellte es tropfend in den Schrank, dann lief sie zum Fernseher, um den Ton auszuschalten. Als sie sich umdrehte, kam Richard gerade mit den beiden Kommissaren in den Raum.

„... Einzelkind und hat eine blühende Fantasie. Er hat uns heute Morgen von diesem Jungen erzählt, der angeblich in unserem Schuppen lebt und mit dem er Verstecken spielt. Wissen Sie, unsichtbare Freunde sind eine ganz normale Phase in der natürlichen Entwicklung eines Kindes", zitierte er fast wortwörtlich Dr. Kurkowa.

„Da mögen Sie Recht haben, jedoch ist es eine Straftat, die Polizei ohne Grund zu rufen", wandte Kommissar Wolff ein.

„Er ist doch nur ein Kind!", wollte Anette einwerfen, doch der Jüngere von beiden kam ihr zuvor.

„Ach Hans!" Lennartz lachte plötzlich laut los, ein Geräusch das Anette in der Enge ihres eigenen Wohnzimmers zusammenzucken ließ. „Meine Anna hat die gleiche Phase durchgemacht. Manchmal mussten wir sogar drei Plätze am Esstisch freihalten für ihre ... Gäste." Er klopfte seinem Kollegen weiter glucksend auf die Schulter. „Wir waren deshalb sogar mal beim Psychologen, stell dir das mal vor!"

Anette und Richard stimmten in ein höflich-verkrampftes Lachen ein.

„Ein unsichtbarer Freund ist nichts Dramatisches für ein Kind in diesem Alter", ergänzte Richard in seiner besten Psychologen-Stimme.

Nicken. Dann standen sie alle wie ein weißgestrichener Palisadenzaun vor der dunklen Couch, stumm, der gemeinsame Witz und damit Gesprächsstoff war abrupt ausgegangen.

Kommissar Wolff schnaubte einmal, halbwegs zustimmend und meinte dann mahnend: „Gehen Sie einfach sicher, dass Ihr Junge nicht nochmal die Polizei ruft, außer es handelt sich wirklich um einen Notfall."

„Natürlich." Richard verzog sein Gesicht zu einer Grimasse, die man mit Mühe als abstraktes Lächeln erkennen konnte, während Anette ihm eine leicht zitternde Hand auf den Arm legte.

Die Truppe wollte sich gerade dem Gehen zuwenden, als Felix plötzlich im Raum stand. Seine Locken klebten ihm nass und schwer an den geröteten Wangen und seine Hose war bis zu den Knien ein Kunstwerk aus braunen und grünen Spritzern. Die Gummistiefel fast nicht mehr als diese zu erkennen.

„Mama!" Er zupfte an Anettes Ärmel.

„Wir reden später darüber, Krümel. Du hast dir einen ganz schönen Ärger eingehandelt, mein Freund."

Die Polizisten lächelten gutmütig im Angesicht des kleinen Dreckspatzens.

„Aber Mama!"

„Was ist denn nun schon wieder, Felix?"

„Das ist Max!"

Kurze Fingerchen deuteten in Richtung der stummen Mattscheibe, wo eine Sondersendung lief. Nach einem Moment der Verblüffung fischte Anette wie in Trance nach der Fernbedienung und fand nach einigem blinden Gefummel endlich den Knopf, der das Zimmer mit einem erneuten, hohen Geräuschpegel erfüllte.

„... handelt es sich um den neunjährigen Max Friedrich, der gestern auf seinem Schulweg entführt wurde ..."

Ein spitzer Schrei, ein entsetztes Grunzen, ein Fluch. Im plötzlichen Tumult war nicht so ganz zu erkennen, wem man die Geräusche zuordnen sollte, außer das klar und deutliche:

„Oh mein Gott! **Schnell, tun Sie was!**"

Über die Prosathek

Als Aristoteles die embryonale Entwicklung von Hühnern erforschte, bemerkte er im Ei einen roten, pulsierenden Punkt: Das Herz des zukünftigen Kükens. Er sprach vom „springenden Punkt".

Der springende Punkt der Prosathek, das Herz, sind unsere Texte. Zunächst sind es winzige Ideen, die – kaum sichtbar – in jedem von uns aufflackern. Aber wir lassen sie nicht aus den Augen bis etwas Großartiges, Lebendiges daraus entstanden ist, das wir mit euch teilen können.

Die Prosathek ist eine Gruppe von jungen Autoren. Wir kamen 2014 als Studenten der Ludwig-Maximilians-Universität München in dem Creative-Writing-Seminar von Beate Carlsen zusammen. Die gemeinsame Arbeit an Texten stellte sich als so bereichernd heraus, dass wir damit nicht mehr aufhören wollten. Also beschlossen wir, auch losgelöst vom universitären Rahmen, aktiv zu bleiben und gründeten die Prosathek.

Hier schreiben wir, schreiben und schreiben, weil wir nicht anders können, weil wir nicht anders wollen und weil wir dadurch immer besser werden. Und das ist ja der springende Punkt.

Karmelina Kulpa

Karmelina Kulpa ist 1994 in Mannheim geboren und hat die ersten dreizehn Jahre ihres Lebens in Deutschland verbracht. Danach lebte sie in Polen, wo sie ihre Leidenschaft für Literatur im Polnischunterricht entdeckte.

Sie schreibt aber, seit sie schreiben kann und weil sie gerne beobachtet. Das Leben bietet bessere Geschichten, als ein Schriftsteller sie sich je ausdenken könnte. Zwischen der Teilnahme an Castingshows, Fotografieren für ihren Blog, Ballettunterricht und Bandproben hat sie immer Zeit für das Schreiben gefunden: sei es für Blogartikel, Zeitungen oder Kurzgeschichten.

Sie studiert Kunstgeschichte an der Ludwig-Maximilians-Universität in München, und so wie sie Kunst betrachtet, schreibt sie auch: mit viel Synästhesie. Inspiriert von der Malerei, Fotografie und vor allem der Musik, schlendert sie durch die Straßen von Schwabing und Krakau und verweilt in Cafés um zu schreiben, fast so, als wäre sie eine Figur in einem Woody-Allen-Film.

Lydia Wünsch

Die Online-Redakteurin und Bloggerin Lydia Wünsch lebt zwischen den Kulturen. Als 1984 in München geborene Halbitalienerin sucht sie nach Identität – und findet sie in ihren Texten. Dort tummeln sich aber auch andere, unvorhersehbare Charaktere, denen Lydia voller Freude auf den Zahn fühlt. Denn eines weiß sie mit absoluter Sicherheit: Dass das, was sie tun will und das, was sie tun sollte, sich für sie im Schreiben vereint.

Annika Kemmeter

Wenn Annika Kemmeter ihren Kuli in die Hand nimmt, springen Geschichten heraus. Kurze, lange, gereimte, romanförmige; Geschichten für Erwachsene, Jugendliche und Kinder. Geboren wurde Annika Kemmeter 1985 in Mainz. Sie studierte Literaturwissenschaft in München, Paris und Fukuoka (Japan). Ihre Texte trug sie auf der Leipziger Buchmesse, beim Lyrikstier in Hochstadt und im Münchner Literaturhaus vor. Jetzt ist sie dabei, ihre Heimatstadt Mainz literarisch aufzumischen, wo sie mit ihrem fabelhaften Mann und zwei süßen Kindern lebt, lacht und natürlich: schreibt.

Verena Rabus

Verena Rabus wurde 1989 in Straubing geboren. Sie absolvierte ein interdisziplinäres Bachelor-Studium in Regensburg und Clermont-Ferrand, arbeitete als Online-Redakteurin in Paris und als Werbetexterin in München. Momentan macht sie ihren Master in Romanistik an der LMU. Vor allem aber schreibt sie und packt alle ihre Ideen, Gedanken, Erfahrungen und Gefühle in Kurzprosa und Lyrik.

Alexander Wachter

Wenn man vor die Aufgabe gestellt wird, Alexander Wachter mit einem Wort zu beschreiben, wäre die beste Antwort garantiert: facettenreich. In der Tat verdiente der 1994 geborene Österreicher unter anderem bereits als Steinmetz, Pfleger, Bibliothekar, Kellner und Redakteur seine Brötchen. Seit 2014 studiert er Anglistik an der Ludwig-Maximilians-Universität in München, wozu ihn ein einjähriges High School Jahr in New York inspirierte. Seine Hobbies reichen von Leichtathletik und Volleyball über Tanzen und Klettern bis hin zum Klavierspiel.

Die einzige Konstante in seinem Leben ist das Schreiben. In seinen Geschichten fließen alle seine Erlebnisse und Interessen zusammen. Von einem Harry-Potter-Wahn in jungen Jahren losgetreten, genießt er es, Charakteren und Welten mit seinen Worten Leben einzuhauchen.

Arina Molchan

Arina Molchan, geboren 1989 in Vitebsk, verbrachte ihre Kindheit in einem roten Backsteinhochhaus in Belarus in den postsowjetischen 90ern.

Ihre Liebe zu Sprachen entdeckte sie, als sie Deutsch – beziehungsweise *Schwäbisch* – im Schwarzwald lernen musste. Ihr weiterer Weg führte sie nach München, wo sie Germanistik und Anglistik studierte. Hier begann sie auch regelmäßig zu schreiben.

In ihren Texten experimentiert sie gerne mit der Form, füllt die Wortzwischenräume mit Unausgesprochenem oder inszeniert schräges Theater.

Martin Trappen

Martin Trappen, geboren 1989, stammt aus dem nördlichen Saarland. Er denkt, seit er schreiben kann, und schreibt, seit er denken kann. Nicht, dass da immer etwas Sinnvolles dabei herauskommt – aber wenn, dann ist er mächtig stolz drauf. Er schreibt wahlweise auf Deutsch oder auf Englisch, journalistisch, prosaisch, auf Wunsch auch chaotisch. Wenn ihn jemand fragt: „Warum?", sagt er nur: „Weil's geil ist!"

Zu seinen Lieblings-Genres gehören unter anderem Krimis, Fantasy und Science-Fiction.

Victoria B.

Victoria B., geboren 1992, liebt nicht nur Klang, Farbe und Melodie, sondern auch Text. Ihre kreativen Streusel werden literarisch bei der Prosathek und musikalisch bei Pepperella verarbeitet. Wo der Geist hingeht, was die Seele ist und wie wir den Schlaf überleben – Victoria erzählt vom Surrealen im Sinnesmeer.

Sara Zinser

Sara ist ein Münchner Kindl, das sich gleichermaßen in den USA zuhause fühlt. Sie kann sich auf Japanisch, Spanisch oder in Gebärdensprache verständigen – notfalls auch mit Karate – schreiben tut sie aber am liebsten auf Englisch, manchmal auch in ihrer Muttersprache Deutsch. Sara ist Fan von Cormac McCarthy und Aldous Huxley, würde jedoch lieber in Los Angeles leben als in einer Dystopie.